SVEN BÖTTCHER

# SHERMAN SCHWINDELT

ROMAN



GOLDMANN VERLAG

Originalausgabe

Umwelthinweis:
Alle bedruckten Materialien dieses Taschenbuches
sind chlorfrei und umweltschonend.
Das Papier enthält Recyclinganteile.

Der Goldmann Verlag
ist ein Unternehmen der Verlagsgruppe Bertelsmann


Umschlaggestaltung: Hendrik Dorgathen
Satz: Uhl+Massopust, Aalen
Druck: Elsnerdruck, Berlin
Verlagsnummer 42671
Lektorat: Ulrich Genzler
Herstellung: Heidrun Nawrot
Made in Germany
ISBN 3-442-42671-5

1 3 5 7 9 10 8 6 4 2

*Für Steffie, die meine Lieblingsfrau bleibt;*
*für Lisa, die eine andere Welt verdient –*
*und für Pi-Ei Gusto (auf den wir alle warten)*

# Belästigungen

Victor Sherman lehnte am Fensterrahmen seines Apartments im achtzehnten Stock des Dearing-Tower, nippte an einem frisch gebrühten Kaffee, mit dem man Bilderhaken hätte einschlagen können, und sah dem gelben Großraumsauger der Stadtreinigung von New Hesperida beim Leeren der Müllstutzen in den Gebäudesockeln zu. Es war vier Uhr morgens, und der Pilot des Saugers mußte früh aufgestanden sein. Trotzdem beneidete Sherman ihn. Nicht um seinen Job, wohl aber um seinen Schlaf.

Mit leisem Summen meldete das Laserladegerät Vollzug. Sherman schaltete es ab, nahm seine Dienstwaffe aus der Halterung, sicherte sie und verstaute sie im Halfter. Er stellte den Kaffeebecher auf die Fensterbank, streckte sich und gähnte laut. Dann warf er seinem unberührten Bett einen wehmütigen Blick zu. In fünf Stunden erwartete Jennings seinen Bericht, detailliert, fehlerfrei und ohne müdes Nuscheln auf Kompaktspeicher gesprochen. Sherman nahm den Becher, trug ihn zurück in die Küchenecke, stellte ihn unter die Kaffeedüse und sagte: »Kaffee. Maximal.«

Jemand klopfte zaghaft an die Tür. Sherman durchquerte den knapp vierzig Quadratmeter großen Wohnraum und sah auf dem Monitor, daß seine neue Nachbarin vor der Tür stand und wartete. Er hatte bisher nur einmal kurz mit ihr gesprochen, als sie sich vor zwei

Wochen, direkt nach dem Einzug, bei ihm und den anderen Flurnachbarn vorgestellt hatte. Ann Whitefield, Politikstudentin, Ende zwanzig, intelligent, zurückhaltend, keine besonderen Merkmale, jedenfalls nicht auf den ersten Blick. Sie sah gut aus, aber kaum jemand hätte sich auf der Straße nach ihr umgedreht und mit offenem Mund einen Laternenpfahl gerammt.

Sie trug einen dicken Morgenmantel und kaute nervös auf den Fingernägeln. Sherman öffnete.

»Morgen«, sagte er freundlich.

»Äh... Guten Morgen. Entschuldigen Sie, daß ich so spät... so früh... ich meine, ich hab Sie kommen hören. Gerade.«

»Ja?«

»Ich... darf ich reinkommen?«

»Bitte.«

Mit vor der Brust verschränkten Armen tappte sie durch den Raum und blieb vor dem Sofa stehen.

»Setzen Sie sich«, sagte Sherman. »Kaffee?«

»Nein, danke.« Sie schüttelte lange, verschlafene Locken und nahm Platz. Sherman holte seinen Becher aus der Küche, kehrte zu ihr zurück und setzte sich ihr gegenüber auf einen Sessel. Er nippte und sah sie fragend an.

»Es... tut mir wirklich leid.« Die Klimaanlage war auf zweiundzwanzig Grad Raumtemperatur eingestellt, aber Ann Whitefield blieb zusammengekauert sitzen. »Ich weiß nur nicht, an wen ich mich wenden soll. Und Sie sind doch... weil Sie doch bei der Polizei sind.«

»Was ist denn passiert?«

»Jemand belästigt mich.«

Sherman zog die Augenbrauen hoch.

»Ein Mann«, sagte sie. »Er... ruft mich ständig an. Und sagt... Sachen.«

»Sachen.«

»Ja...«

»Obszöne.«

»Ja.«

»Haben Sie das schon gemeldet?«

Sie schüttelte den Kopf. »Nein. Ich habe bisher mit niemandem darüber gesprochen.«

»Gut«, sagte Sherman. »Ich kümmere mich darum. Im Laufe des Tages installieren wir eine Fangschaltung, dann sehen wir weiter. In Ordnung?«

Sie nickte.

»Haben Sie eine Idee, wer dahinterstecken könnte?«

»Was? Nein.«

»Vielleicht einer Ihrer Kommilitonen?«

»Nein...«

»Es könnte ein schlechter Scherz sein.«

»Ich... nein, das kann ich mir nicht... Wer sollte denn so was machen?«

»Jungs kommen manchmal auf ziemlich dumme Gedanken.«

Sie dachte kurz darüber nach. Dann sah sie auf und schüttelte den Kopf. »Nein...«

»Na gut«, sagte Sherman und lächelte aufmunternd. »Wir werden ja sehen.« Er stand auf. »Machen Sie sich keine Sorgen. Okay?«

Er begleitete sie zur Tür. Sie trat hinaus auf den Flur, drehte sich noch einmal um und schenkte ihm ein müdes, schönes Lächeln.

»Danke«, sagte sie.

»Nichts zu danken«, sagte Sherman.

# Ausgequizt

»Sherm!«

Sherman blieb nicht stehen. Völlig unbeeindruckt vom Begrüßungsruf seines Assistenten Richard Lyle marschierte er schnurstracks auf seinen Schreibtisch zu. »Ja, Lyle, was ist denn, Lyle, darf ich mich vielleicht erst mal hinsetzen und einen Kaffee trinken, ich hatte eine wirklich *kurze* Nacht, Junge, guten Morgen.«

Er ließ sich ächzend auf seinen Stuhl fallen.

»Entschuldige«, sagte Lyle kauend.

Sherman sah ihn entgeistert an. »Was ist *das* denn?«

»Was?«

»Das da. In deiner Hand. Sieht ja *widerlich* aus.«

»Oh. *Das.* Sardellencroque. Mit Radieschen und ...«

»Wie kannst du morgens so was essen, Herrgott? Nein, erklär's mir nicht. Was ist so dringend?«

»Rudy Promp ist ermordet worden.«

»Und wer ist Rudy Promp?«

»Du weißt nicht, wer Rudy Promp ist?«

»Doch, Lyle«, seufzte Sherman gereizt, »klar weiß ich, wer Rudy Promp ist. Rudy Promp ist mein Schwippschwager, und ich frage nur so blöd, weil ich gern blöd frage.«

»Mann, hast du eine Scheißlaune.«

»Wer ist Rudy Promp?«

»Na, Rudy Promp. KOPF ODER ZAHL? CHANNEL 7.«

Sherman runzelte die Stirn. Er erinnerte sich dunkel, die Sendung irgendwann mal gesehen zu haben. Jedenfalls die ersten paar Minuten.

»Ein Quizmaster?«

»*Der* Game-Show-König, Sherm.«

»Aha. *Der* Game-Show-König. Friede seiner Asche... Kann das nicht jemand anders übernehmen? Ich *hasse* Game-Shows. Außerdem muß ich den Bericht über den Einsatz heute nacht fertigmachen...«

Lyle biß seelenruhig in die Sardellen. »Der Chef, schmatz, sagt, schmatz, das kann warten. Wir sollen uns zuerst um Promp kümmern. *Du* sollst dich um Promp kümmern. Die Arschgeigen vom NEWS-NET spielen nämlich völlig verrückt, also brauchen wir möglichst schnell ein Ergebnis.«

»Na dann«, seufzte Sherman und stand wieder auf, »kein Kaffee.« Er stampfte wütend an Lyle vorbei. »Warum bin ich eigentlich nicht Müllmann geworden, verdammt noch mal!«

»Willst du was von meinem Croque?«

»Willst du, daß ich dir auf die Jacke kotze?«

## Palast oder Gosse?

KOPF ODER ZAHL? war die erfolgreichste, weil einzig langlebige Samstagabendshow der europäischen Fernsehwelt und erzielte regelmäßig wesentlich höhere Einschaltquoten als ihre derzeitigen Hauptkonkurrentinnen TRAUMTRENNUNG, TSCHÜS! und HAPPY BIRTHDAY. TSCHÜS! Die Hinterbliebenenshow rund ums feierliche Begräbnis, erfreute sich ohnehin nur wegen der europaweit seit Jahren steigenden Bestattungskosten einiger Beliebtheit, TRAUMTRENNUNG konnte ziemlich belastende Auswirkungen auf die Ehen der zuschauenden

Paare haben, und die Geburts-Game-Show HAPPY BIRTHDAY war jeweils gegen Ende eigentlich keine Familiensendung mehr, da während der Eröffnungsphase kaum eine der live und bunt um die Wette kreißenden Frauen in der Lage war, die kniffligen Fragen des Quizmasters ruhig und sachlich zu beantworten, und man die vor dem Fernseher sitzenden Kinder deswegen zu diesem Zeitpunkt (also unmittelbar vor dem großen Finale) ins Bett schicken mußte – oder am nächsten Morgen zum Psychiater.

Die Quizshow KOPF ODER ZAHL? verdankte ihren ungeheuren Erfolg einem denkbar simplen Prinzip: Einer von drei Kandidaten wurde mit Hilfe der üblichen albernen Aktions- und Fragespielchen für die KOPF ODER ZAHL?-Supie-Runde ausgewählt, an deren Ende dem glücklichen Gewinner ein Hauptgewinn von maximal fünf Millionen Ecu winkte. Abgesehen von der atemberaubenden Gewinnsumme unterschied sich die Sendung bis hierher nicht nennenswert von den Konkurrenzshows. Originell war allerdings der Einsatz in den letzten Fragerunden: Die Kandidaten spielten nämlich nicht um Geldhaben oder Mit-leeren-Taschen-nach-Hause-gehen, sondern um Geldhaben oder Mit-leeren-Taschen-auf-der-Straße-sitzen, denn um überhaupt eine Chance auf die Gewinne der letzten drei Fragerunden zu haben (also 100 000, 500 000 oder 5 000 000 Ecu), mußte man schon seinen gesamten persönlichen Besitz aufs Spiel setzen.

Und genau das sorgte für wirklich bombastische Einschaltquoten. Das machte den Reiz der Show aus; ganz normale Menschen auf der Mattscheibe zu sehen, die bibbernd Blut und Wasser schwitzten und alles riskierten, was sie besaßen: Obligationen, Aktien, Rentenansprüche und Eigenheime inklusive Mobiliar und Haustieren. (Der Vollständigkeit halber sei erwähnt, daß sämtliche Besitztümer, die der Sender CHANNEL 7 seinen Kandidaten abnahm, natürlich nicht für neue Kameras angelegt wurden, sondern ohne Abzüge in den Händen der sogenannten Wettpaten landeten – und da es sich bei diesen Wettpaten um ausgewählte Waisenkinder handelte, hatte Promp nicht nur die Bankindustrie als Werbepartner gewinnen können, sondern auch die katholische Kirche.)

Jährlich wurden achtundvierzig Live-Sendungen produziert, und Lyle informierte Sherman während der Fahrt, daß im vergangenen Jahr dreizehn Kandidaten vorzeitig gescheitert waren, zwanzig mit Gewinnen von hundert- beziehungsweise fünfhunderttausend Ecu ausgestiegen und nach Hause gegangen waren, acht alles gewonnen und sieben in letzter Sekunde alles verloren hatten.

»Also sieben Hauptverdächtige«, sagte Sherman, als das grün-gelb-karierte Mollermobil vorbei an zornig wartenden Journalistenscharen auf das abgesperrte Studiogelände im Westen der Stadt glitt. Er sah aus dem Fenster. »Wieso sind die Zecken schon hier?«

»Die beschweren sich schon die ganze Zeit in der Zentrale, weil sie nicht rein dürfen«, sagte Lyle.

»Woher wissen die das bloß immer? Wenn man schon tot ist, wird man doch wohl wenigstens in Ruhe abkühlen dürfen...« Er schüttelte den Kopf. »Wie lange läuft die Sendung schon?«

»Neun Jahre.«

»Ist ja sagenhaft. Neun mal sieben, das wären dann ungefähr sechzig. Lieber Himmel. Irgendwelche Morddrohungen?«

»Dutzende. Miss Hagen sagt...«

»Wer ist Miss Hagen?«

»Promps Managerin. Oder Assistentin. Oder so.«

»Aha. *Miss*?«

»Ja. Sie sagt...«

»Ist die im Studio?«

»Ja.«

»Dann frage ich sie selbst.«

Lyle stoppte vor einer großen weißen Wellblechhalle. Sherman kletterte aus dem Mobil.

»Und tu mir einen Gefallen, Lyle...«

»Ja?«

»Wisch dir den Mund ab. Du hast 'ne halbe Sardelle am Kinn.«

## Professionelle Klatschen

Als sie das Studio betraten, wußte Sherman sofort wieder, weshalb er sich die Sendung damals nicht zu Ende angesehen hatte. Die KOPF ODER ZAHL?-Kulisse war ein Härtetest für intakte Sinne. Von links nach rechts wurde es auf der Bühne sowohl farblich als auch bühnenbildnerisch immer aufgeregter, und Sherman fragte sich stumm, wie die Kandidaten es fertigbrachten, in dem zermürbenden Chaos aus Neon, asymmetrischen Formen und schrillen, großen Geldscheinen Fragen zu begreifen oder gar zu beantworten.

Die etwa vierhundert professionellen Game-Show-Zuschauer vor der großen Tribüne auf der anderen Seite der Halle wirkten wie bestellt und nicht abgeholt. Sie standen in kleinen, nervösen Grüppchen zusammen und warfen einander verzweifelte Blicke zu: Sie waren hergekommen, um zu johlen und zu klatschen. Das war ihr Job; dazu waren sie gründlich an den staatlichen Schauspielschulen ausgebildet worden. Aber nun gab es nichts zu bejohlen und zu beklatschen, und hätten nicht einige aufmerksame Mitarbeiter des Studios Kaffee und Kuchen verteilt, wäre es wahrscheinlich zu einem Massenselbstmord gekommen.

Als Sherman und Lyle im Schlepp eines jungen, schrill uniformierten Aufnahmeleiters auf die Büros im hinteren Teil der Halle zugingen, kam eine kleine, dicke, alte Frau auf sie zu. Sie krallte sich mit knorrigen Fingern in Shermans Unterarm, fixierte ihn aus grauen Augen und sagte: »Ist das nicht schrecklich?«

»Doch«, sagte Sherman und wollte weitergehen.

»Oooohhh!« stöhnte die kleine alte Frau.

Sherman sah sie verdutzt an. Sie blinzelte verwirrt und starrte an ihm vorbei. Er drehte sich um und sah nichts Besonderes.

»Jaaaa!« kreischte die kleine Oma plötzlich und begann wie wild zu applaudieren. »Los-los-los-los! Die Superfrage! Nimm die Superfrage!«

Sherman sah den Aufnahmeleiter fragend an. Der junge Mann zuckte die Achseln. »Schock«, sagte er gelassen. »Das erleben wir häufiger. Die alten Schachteln drehen manchmal schon durch, wenn Promp zu lange mit einem Kandidaten redet.«

»Dnniiiiihihi«, quietschte die kleine Frau verzückt und hüpfte auf und ab.

»Und was tun Sie dagegen?« fragte Sherman den Aufnahmeleiter.

»Da kann man nichts machen.«

»Och«, mischte Lyle sich ein, »wenn Sie hier irgendwo einen Hammer liegen haben...«

»Wie wär's mit einem Beruhigungsmittel?« fragte Sherman.

»Danke, hab ich schon genommen«, sagte der Aufnahmeleiter, »sonst wird man ja verrückt hier...«

»Für die Oma.«

»Ach so... Nein, das bringt nichts.« Der Aufnahmeleiter schob die Unterlippe vor und schüttelte den Kopf. »Diese senilen Klatscher sind total resistent gegen Blokker. Fast alle Professionellen sind abhängig – klar, muß man verstehen, ohne Stoff würden sie den Job nicht ertragen – und wenn die dann dreißig Jahre dabei sind, müßte man sie schon direkt an eine Valiumpipeline anschließen...«

»Okay«, sagte Sherman. Er wandte sich von der drogenabhängigen Oma ab, die inzwischen mit weit aufgerissenen Augen auf die leere Bühne starrte, gebannt an allen Fingerknöcheln gleichzeitig nagte und seltsame Laute ausstieß. »Dann bringen Sie uns mal zu Miss Hagen.«

## Der Tod, der aus der Schachtel kam

»Herein.«

Der Aufnahmeleiter öffnete die Tür, steckte den Kopf ins Zimmer und sagte: »Die Polizei, Miss Hagen.«

»Ja.«

Er nickte Sherman und Lyle in das kleine Büro und

schloß die Tür von außen. Veronica Hagen schniefte, wischte sich mit einem seidenen Taschentuch etwas feuchten Kajal aus den Augenwinkeln und wies auf die beiden Besuchersessel. Beim Hinsetzen ließ Sherman das V-förmige Gesicht hinter dem Schreibtisch nicht aus den Augen. Er schätzte Miss Hagen auf Mitte vierzig. Gut retuschierte Fältchen in Augennähe, teure, hochgeschlossene Bluse, teurer Blouson, teure Ohrringe. Die dunkelblonden Haare trug sie kurz und asymmetrisch, also dem derzeitigen Trend entsprechend. Sie wirkte verwirrt, und ihre grünen Augen hatten mit Tränen nicht viel Erfahrung.

»Sie sind Miss Hagen?« Sie nickte. »Sind Sie in der Lage, uns ein paar Fragen zu beantworten, oder sollen wir später...«

»Nein, es ist schon gut.« Sie schniefte und nahm sich erkennbar zusammen. »Bitte. Fragen Sie.«

Lyle reichte Sherman den vorläufigen Bericht über Tathergang und Todesursache. Promp war vergiftet worden, und zwar offenbar mit präparierten Pralinen. An der Pralinenschachtel hatte man weder Fingerabdrücke noch irgendwelche Fasern feststellen können, also war der Mörder definitiv kein Volltrottel. Damit blieben – bei acht Millionen Einwohnern des Großraums New Hesperida – grob geschätzt achthunderttausend Tatverdächtige. Sherman ließ den Bericht sinken und sah Veronica Hagen an.

»Sie wissen nicht zufällig, wer ihm den Kasten...« Sherman suchte kurz im Bericht, »*Bourgeas Primeur* in die Garderobe gestellt hat?«

»Nein.« Sie schüttelte den Kopf. »Ich habe unsere Leute schon gefragt. Niemand weiß, wer den Kasten entgegengenommen und in die Garderobe gebracht hat.«

»Was heißt ›entgegengenommen‹?«

»Na, jemand muß den Kasten doch... geschickt haben.«

»Oder jemand hat ihn einfach hingestellt.«

»Man kommt nicht ohne Ausweis... Sie meinen... jemand aus dem Studio...? Nein, ausgeschlossen.«

»Weshalb?«

»Keiner von unseren Leuten würde Rudy...« Sie schniefte wieder.

»Mein Partner hat mir erzählt, daß Promp bedroht wurde.«

»Das stimmt, ja. Telefonisch, per Fax und per E-Mail. Aber solche Drohungen hat es schon immer gegeben. Praktisch seit der ersten Sendung. Manche Leute sind schlechte Verlierer.«

»Immerhin bringen Sie sie um Haus und Hof.«

»Einige, ja... aber alle Kandidaten kennen das Risiko. Wir klären jeden, der in die engere Wahl kommt, über die Risiken auf. Mit Unterstützung eines renommierten Psychologen, der...«

»Na schön. Was haben Sie wegen der Drohungen unternommen?«

»Anfangs haben wir die Sicherheitsvorkehrungen verstärkt. Aber es ist nie etwas passiert. Es hat auch nie jemand versucht, seine Drohung wahrzumachen. Seit zwei Jahren machen wir nur noch das Übliche: gründliche Sicherheitsüberprüfung der Zuschauer mit Metalldetektoren, dreißig Wachleute, Einstellung von neuen Zuschauern oder Teammitgliedern nur nach genauer Prüfung der Personalien, des Führungszeugnisses, ärztlicher und psychologischer Gutachten und des Stammbaums. Das erschien uns ausreichend.«

»So kann man sich irren«, sagte Lyle.

»Haben Sie in letzter Zeit neue Leute eingestellt?«

»Ja. Ein paar. Aber die sind alle sauber. Keine Vorbestraften, keine Verwandten von Kandidaten.«

»Lassen Sie mir eine Aufstellung zukommen. Außerdem brauche ich eine Liste sämtlicher Verlierer mit Wohnort und Vorgeschichte, besser noch mit allen persönlichen Daten, die Sie haben.«

Miss Hagen nickte, wandte sich ihrem Computer zu und sagte ihm, was sie brauchte. Der Computer beschrieb eine CD-I mit den gewünschten Informationen und spuckte sie aus. Sherman steckte sie ein.

»Danke... wie war Ihre Beziehung zu Promp?«

»Ich bin seine Managerin. War seine...« Sie verstummte.

»Hatten Sie privat viel Kontakt?«

»Wir haben in den vergangenen Jahren sehr hart gearbeitet. Also waren wir zwangsläufig oft zusammen.«

»Das heißt, Sie waren auch für die Sendung zuständig?«

»Ja. Das Konzept stammt von uns beiden. Ich habe mich um alles gekümmert, was mit Rudy und der Show zusammenhing.«

»Dann wissen Sie vermutlich auch, ob er persönliche Feinde hatte. Andere als die Kandidaten.«

»Feinde...?« Sie schüttelte nachdenklich den Kopf. Ach, was heißt Feinde... Natürlich haben ihn viele Kollegen um seinen Erfolg beneidet. Aber Showmaster sind keine Mörder. Rufmörder, ja, aber keine richtigen... Nein, ich glaube nicht. Jedenfalls nicht, daß ich wüßte.«

Jemand klopfte an die Tür. Miss Hagen sagte »Herein«, und ein junger Polizist betrat das Büro. Mit den Worten »Der Obduktionsbericht, Sir«, drückte er Sherman einen Ausdruck in die Hand und verließ den Raum wieder. Sherman studierte das Ergebnis der Leichenuntersuchung. Promp hatte zwischen vierzehn und siebzehn Minuten nach zehn das Zeitliche gesegnet.

»Blausäure in Blue-Curaçao-Mandel-Parfait. Wie passend.«

»Nett«, sagte Lyle. »Ein Killer mit Sinn für Humor.«

Miss Hagen holte ihr Taschentuch wieder heraus.

Sherman stand auf. »Danke«, sagte er. »Wir hören uns mal um. Irgendwie muß das Zeug ja in seine Garderobe gekommen sein... Miss Hagen?«

Schnief. »Ja?«

»Wer hat ihn eigentlich gefunden?«

»Karen. Karen Baquette. Die Maskenbildnerin.«

»Und die hat Sie dann sofort benachrichtigt?«

»Ja.«

»Wann?«

»Ungefähr... das muß um halb elf gewesen sein.«

»War eine Karte bei dem Pralinenkasten? Oder irgendwas in der Art?«

Sie überlegte kurz. »Nein, ich glaube nicht...«

»Danke«, sagte Sherman. »Wir halten Sie auf dem laufenden.«

# Eine Zecke lernt fliegen

»Sechzig Kandidaten«, ächzte Lyle und drückte kopfschüttelnd auf den Antriebsschalter des Mobils.

»Viel«, sagte Sherman, während sich das Mobil in Bewegung setzte und auf die wartenden Journalisten zuglitt. »Aber es werden nicht alle in Frage kommen. Nur die, denen es heute noch dreckig geht. Du kannst alle streichen, die sich inzwischen von dem Verlust erholt haben. Vielleicht ist ja einer dazwischen, der noch immer aus Müllstutzen frühstückt.«

Lyle sah ihn skeptisch von der Seite an.

»Was denkst du, Sherm?«

»Würdest du einen Pralinenkasten leerfressen, wenn du nicht wüßtest, von wem er kommt?«

»Ja«, nickte Lyle.

»Dachte ich mir«, seufzte Sherman. »He, paß auf!«

Lyle sah nach vorn, konnte jedoch nicht mehr verhindern, daß ein unachtsamer Journalist von den Passantenfängern des Mobils aufgelesen wurde. Sherman ließ seine Hälfte der Windschutzscheibe herunter.

»Ich würd's mal mit Tabletten versuchen«, sagte er und wollte die Scheibe gerade wieder hochfahren, als die Hand des scheinbar Lebensmüden nach vorn schoß und ihm ein Kompaktmikro unter die Nase hielt.

»Inspector, *wer* ist der *Mörder* von *Rudy Promp*? Was *tut* die Polizei?«

Die anderen Journalisten witterten ihre Chance und schwirrten auf das Mobil zu. Sherman ließ die Scheibe wieder hochgleiten.

»Fahr zu, Lyle.«

Der Journalist auf dem Passantenfänger sah sein Handgelenk langsam auf den harten Fensterrahmen zukriechen. Er glotzte Sherman ins Gesicht und sagte mimisch: »Das kannst du doch nicht machen«. Shermans Gesicht sagte »Doch«. Der Journalist zog Hand und Mikro zurück, sprang ab und landete schreiend im struppigen Straßenbegleitgrün. Einige Kameramänner hielten sofort drauf.

»Ich hasse diese Bande«, sagte Sherman.

»Merkt man aber kaum«, sagte Lyle und beschleunigte.

## 2 × Tortellini, kein Knoblauch & ein Reißer

»Nein, ich möchte nichts«, wiederholte Sherman. »Und sieh zu, daß du fertig wirst.«

»Okay«, sagte Lyle und lehnte sich halb aus dem Fenster, um dem Automaten des Presto-Italiano-Fastfood-Drive-In seine Bestellung durchzugeben, »Zweimal Tortellini-Pizza all' arrabiata mit doppelt Käse, eine Lasagne Spezial extra groß, einmal Knoblauch-Cannelloni...«

»*Nein.*«

»Äh. Keine Knoblauch-Cannelloni. Dann zwei Tonno-Burger und sechsmal Tiramisu. Das wär's.«

»Sechsundachtzigvierzig«, sagte der Automat. »Bitte führen Sie jetzt Ihre Kreditkarte ein.« Lyle tat es.

»Hast du eigentlich noch einen zweiten Job?« fragte Sherman.

»Was?«

»Wovon bezahlst du das alles, Mensch?«

»Ich hab sonst keine Hobbys.«

Der Automat gab die Karte wieder her und sah für Sekunden aus wie ein Achtjähriger mit herausgestreckter Zunge. »Vielen Dank für Ihren Besuch bei *Presto*. Fahren Sie bitte bis zum Ausgabeautomaten weiter und gedulden Sie sich einen Augenblick. Guten Ap...« Lyle riß ihm die Zunge ab.

Als das Mobil langsam weiterschwebte, begann das Videotelefon in der Konsole leise zu pfeifen und meldete in der LCD-Zeile am oberen Bildschirmrand einen Ruf der Zentrale. Sherman schaltete auf Empfang, und Sarah Silverman erschien auf dem kleinen Schirm.

»Hallo, Sarah...«

»Tag, Sir.«

»Was gibt's?«

»Einen Mord im Silvester-Park.« Obwohl Sarah schon seit Jahren in der Zentrale arbeitete, konnte Sherman sich nicht an ihren Tonfall gewöhnen. Selbst wenn sie Morde oder Vergewaltigungen durchgab, klang sie wie eine junge Mutter, die ihren Kindern Märchen von lustigen Eichhörnchen vorlas. »Scheint wieder der Reißer gewesen zu sein. Das Opfer ist männlich, achtundzwanzig, Name: Oblomov, Kevin. Beim Joggen überfallen und per Injektion getötet, Verstümmelungen im Gesicht und an den Extremitäten, innere Organe herausgerissen. Die Spurensicherung ist schon da. Westeingang, zweihundert Meter von der Pagode entfernt.«

»In Ordnung«, sagte Sherman. »Wir sind unterwegs.« Er beendete das Gespräch und sah seinen Partner an. Lyle rührte sich nicht.

»Worauf wartest du?«

»Auf mein Essen«, jammerte Lyle.

»Das ist doch nicht dein Ernst.«

»Sherm, ich hab neunzig Eier bezahlt...«

»Lyle!«

Zwei Tortellini-Pizze mit doppelt Käse rutschten in den Schacht vor dem Fenster. Lyle griff sofort zu und starrte sehnsüchtig in den Schacht.

»Bitte gedulden Sie sich einen Augenblick«, säuselte eine sanfte Computerstimme.

»Fahr los«, sagte Sherman.

»Ach, Scheiße«, sagte Lyle und tat es.

## Ein Loch im Bauch und lauter Fragen

Als sie am Tatort eintrafen, wuchteten zwei Leichensammler in schwarzen Overalls den Toten gerade in einen ebenfalls schwarzen Transportsarg. Sherman ließ einige Gaffer links stehen, schob eines der aufblasbaren Absperrelemente beiseite, begrüßte die Spurensicherer und die Streifenpolizisten im Vorbeigehen und ging auf den Sarg zu.

»Lassen Sie mal sehen«, sagte er zu den Sammlern. Die beiden ließen den Sarg wieder auf den sandigen Pfad sinken und traten einen Schritt zurück. Sherman kniete sich hin, klappte den Sargdeckel hoch, öffnete den Reißverschluß des Plastiksacks und betrachtete die Leiche.

»Lyle?«

»Mmmh?«

»Sieh dir das mal an.«

Lyle beugte sich über den Sarg. »Emtmnetzmnich«, sagte er.

Sherman drehte sich um und sah seinem kauenden Partner ins Gesicht. »Wie kannst du dabei Pizza essen?«

»Waff denn wnonft?«

Sherman wandte sich kopfschüttelnd wieder dem Sarg zu. »Eindeutig unser Freund«, sagte er und deutete auf den leergeräumten Bauch des toten Joggers. »Siehst du? Wieder kein sauberer Schnitt. Der arbeitet entweder mit ungeschnittenen Fingernägeln, mit den Zähnen oder mit 'ner Kinderschere.« Sherman sah dem Toten ins Gesicht, oder besser, in das, was davon übrig war. Er nickte. »Nase abgebissen, beide Ohren abgenagt. Auch nichts Neues.«

»Daw mafft dann wneckf.«

»Was?«

»Fuldige.« Lyle schluckte. »Das macht dann sechs. Das sechste Opfer des Reißers. In drei Wochen.«

»Du bist eben nicht der einzige, der ständig Hunger hat.«

»Aber ich ernähre mich gesünder.«

»Du ißt doch sogar egeklonte Hammelkeulen.«

»Gesünder für meine Mitmenschen.«

Sherman stand auf und gab den beiden Sammlern ein Zeichen. Sie deckten die Leiche gelangweilt wieder zu, schlossen den Sarg und trugen ihn weg. Sherman hatte plötzlich das verwirrende Gefühl, daß etwas fehlte.

Das Gefühl verschwand schlagartig, als er die Journalistenhorde durch den Westeingang des Parks kommen und auf sich zustürmen sah. Er kniff die Augen zusammen und murmelte einige ausgesucht häßliche Verwünschungen. An der Spitze der Horde lief Terry Palmer, jener Spitzen-Polizeikritiker des NEWS-NET, der a) zeit seines bisherigen Lebens nie in den Verdacht geraten war, etwas gründlich recherchiert oder sachlich dargestellt zu haben, b) verblüffend ernst und besorgt in Kameras gucken konnte und deshalb c) mit seinem CRIME REPORT bei jung und alt gleichermaßen beliebt war.

Dreieinhalb Sekunden später mußte Lyle seine Tortellini-Pizza sinken lassen, um nicht versehentlich in ein Mikro zu beißen. Palmer stand direkt vor Sherman. Sein Kameramann drückte einigen Konkurrenten den Ellenbogen ins Gesicht und verschaffte sich so eine gute Position halblinks hinter seinem gefürchteten Boss.

»Inspector Sherman«, sagte Palmer, und schon diese zwei Worte klangen wie eine Anklage wegen Kindesmißbrauchs, »gerade wird das elfte Opfer des Reißers von Ihren Leuten weggeschafft...«

»Das sechste.«

»Ach, tatsächlich? Wollen Sie damit sagen, die anderen Opfer seien beim Joggen ausgerutscht und hätten sich ihre tödlichen Verletzungen beim Sturz zugezogen?«

»Nein. Aber bei den anderen fünf Toten handelt es sich erwiesenermaßen nicht um Opfer des Reißers.«

»Obwohl sie auf exakt die gleiche Weise getötet wurden?« fragte Palmer spöttisch.

»Das stimmt nicht«, sagte Sherman ruhig. »Sie sollten ab und zu Obduktionsberichte lesen. Der Reißer reißt die Eingeweide heraus und läßt sie verschwinden. Bei den anderen Toten waren entweder nur die Bäuche aufgeschlitzt, oder die Eingeweide waren herausgerissen und hingen in irgendwelchen Büschen nahe des Tatorts. Außerdem beißt nur der Reißer seinen Opfern die Nasen ab.«

Es wurde merklich stiller unter den Journalisten. Lediglich Palmer ließ sich nicht beeindrucken.

»Inspector, Sie wollen doch nicht...«

»Die anderen Morde sind Verbrechen von Nachahmungstätern. Wir gehen davon aus, daß die Ihre Sendungen sehen.«

»Aha!« Palmer drehte sich um und sah in die Kamera. »Also tragen wieder einmal die Medien die Schuld an allen gesellschaftlichen Mißständen und am vollständigen Versagen inkompetenter Behörden – das...«

»Sie...«

»... das ist nicht neu – die Öffentlichkeit kennt dieses Lied seit Jahrzehnten, und sie kann es nicht mehr hören.« Er wandte sich wieder Sherman zu. »Aber was, Inspector, gedenken Sie nun zu tun, um die unschuldigen Freizeitsportler dieser Stadt zu schützen? Was, außer die Medien verantwortlich zu machen? Werden Sie Plakate aufhängen lassen? Mit der Aufschrift ›Sport ist Mord‹?«

»Die Ermittlungen sind im Gange.«

»Wie viele Menschen muß der Reißer noch zerfleischen, bevor der träge Sicherheitsapparat dieser Stadt aus seinem Tiefschlaf erwacht?« sagte Palmer, wandte sich daraufhin endgültig der Kamera zu und tat, wofür er fürstlich bezahlt wurde. Er hetzte auf, verstörte aus der Ferne Jogger, Angestellte, Witwen und Waisen und verabschiedete sich schließlich mit einem klassischen Terry-Palmer-Grinsen von seinen Zuschauern. Als der Kameramann die Kamera sinken ließ, zwinkerte Palmer Sherman kurz zu.

»Danke«, sagte er grinsend. »Daraus schneiden wir was Schönes für die Abendnachrichten und den News-Man. Zusammen mit Ihrem Aussetzer vor dem Studio gibt das einen Klassebericht.« Er wandte sich zum Gehen.

»Palmer?« sagte Sherman sehr ruhig.

»Ja?«

»Treiben Sie Sport?«

»Was? Kaum... wieso?«

»Versuchen Sie's mal mit Joggen.«

Palmer lachte humorlos und machte sich aus dem Staub. Sherman wandte sich Lyle zu, der noch immer von Mikros umzingelt war.

»Kein Kommentar. Kein Kommentar. He, die Finger aus meiner Pizza, Saftsack!«

»Schluß jetzt«, sagte Sherman in die Runde und zog Lyle mit sich. Im Gehen rief er den Streifenpolizisten seine Anweisungen zu. »Tatort absperren, Spuren sichern, Ergebnisse in spätestens zwei Stunden auf meinem Tisch. Zeugen ausfindig machen lassen und sofort in mein Büro. Keine weiteren Kommentare für die Zekken«, und fügte unüberhörbar hinzu, »falls jemand die Absperrung mißachtet, schießen Sie ohne Warnung.«

Einige der Journalisten lachten spöttisch über den kleinen Scherz und traten unauffällig zurück.

## Palmer schießt sich ein

»Sarah, ich brauche eine Fangschaltung. Miss Ann Whitefield, W-H-I-T-E-F-I-E-L-D, Dearing-Tower, achtzehnter Stock, Telefonnummer habe ich nicht.«

»Wird erledigt.«

»Danke. Und ich möchte in der nächsten Stunde nicht gestört werden. Ich muß den Bericht fertigmachen.«

»Okay.«

Sherman betrat sein Büro, schloß die Tür, hängte die

Jacke an einen der Hafthaken und setzte sich auf seinen Sessel. Die Lehne sackte sanft gegen die Wand. Sherman stand auf und befestigte sie wieder. Das kannte er bereits. Falls die Stadt irgendwann Geld brauchte, mußte nur jemand ein Kassenhäuschen vor der Zentrale der Sicherheitskräfte aufstellen und über dem Eingang ein Schild mit der Aufschrift »Büromöbelmuseum« anbringen. Die Sessel und Schreibtische stammten aus der Zeit vor der Jahrtausendwende, die Aktenschränkte waren viel zu tief für CD-Is, und Bildtelefone, die in jedem x-beliebigen Privatmobil zur Serienausstattung gehörten, suchte man fast im gesamten Gebäude vergeblich. Das einzig wirklich Neue war BIG BROTHER DELUXE, die derzeit leistungsfähigste Net-Rechenanlage auf dem europäischen Computermarkt. Seit der feierlichen Inbetriebnahme von BIG BROTHER war der Ermittlungsapparat der Stadt endlich wenigstens technisch auf dem gleichen Stand wie die von ihm verfolgten Kriminellen. Das war gut. Nicht so gut war, daß auch BIG BROTHER nichts daran hatte ändern können, daß kreative Kriminelle *agierten* und Polizisten notgedrungen *reagierten*; die Aufklärungsquote war also noch immer genauso schlecht wie vor der Modernisierung.

Sherman tippte auf die Sensortaste der altmodischen Gegensprechanlage. »Sarah?«

»Ja, Chef?«

»Steht bei Ihnen ein halbwegs lebendiger Kaffee rum?«

»Kommt sofort.«

»Danke.«

Vorsichtig zog Sherman an einem klobigen Hebel unter der Sitzfläche seines Sessels und ließ sich zurücksinken. Er vergewisserte sich, daß die Lehne hielt, verschränkte die Arme im Nacken und sah aus dem Fenster in den matschigblauen Mittagshimmel über der Stadt. Er seufzte. Und dachte an Ruhe. Ein kleines Haus auf dem Land. Vielleicht ein renovierungsbedürftiger Bauernhof. Ein paar Schafe. Und Hühner. Ein Kräutergarten. Und Fliegen und Mücken und neugierige Nachbarn und den ganzen Tag den Gestank von Pferdeäpfeln und Kuhfladen und Jauche in der Nase...

Sarah klopfte, betrat das Zimmer und stellte einen Becher Kaffee vor ihm auf den Tisch. Er dankte ihr, ließ sich von seinem Sessel wieder nach vorn schieben, klickte sich ins Aufzeichnungsmenü seines Computers und erzählte dem Gerät von der Razzia, die sie in der vergangenen Nacht durchgeführt hatten. Es war ein schwerer Schlag gegen die organisierte Kinderprostitution in der Stadt gewesen; siebenundzwanzig minderjährige Mädchen, davon fünfzehn keine zehn Jahre alt; vier tote Zuhälter, die nach Aussage von Zeugen unbewaffnet gewesen waren. Sherman betonte, der Ruf der Zeugen sei zweifelhaft bis lausig, deshalb solle man ihrer Aussage seiner Ansicht nach keine allzu große Bedeutung beimessen. Zwei weitere Zuhälter lagen schwerverletzt im Krankenhaus. Sherman verstummte kurz, sagte »Notiz« und gab die Namen der Polizisten ein, die geschossen hatten. Es konnte nicht schaden, wenn die beiden mal wieder ein paar Stunden auf dem Übungsstand verbrachten.

Er wollte gerade fortfahren, als Sarahs Märchentantenstimme aus der Gegensprechanlage knisterte.

»Inspector?«

»Ja?«

»Ich habe Lyle auf der Drei. Außerdem ist der Bericht

der Spurensicherung über den Mord im Park seit eben im Netz.«

Sherman nahm den Hörer ab. »Danke. Stellen Sie Lyle durch.«

»Ja, Sir.«

»Hi, Sherm, Lyle hier.«

»Wo steckst du?«

»Im Moment Ecke Mitsubishi und Kennedy.«

Sherman überlegte kurz. »Ding-Ho's-China-Fast-Food?«

»Äh...«

»Du arbeitest nicht fürs Gesundheitsamt. Du sollst die Kandidaten überprüfen, Dicker.«

»Bin ja dabei. Vier von acht hab ich schon. Alles Nieten.«

»Wieso?«

»Weil keiner von denen 'ne Schachtel Pralinen bezahlen könnte. Ich meine, ausgeschlossen ist natürlich nichts, aber wenn du mich und meine Menschenkenntnis fragst...«

»Nicht, wenn es um wichtige Dinge geht. Wieviel haben die Typen denn verloren?«

»Unterschiedlich. Aber alle alles. Klar. Nur hatten manche sowieso nicht besonders viel, also können wir die wohl aussortieren.«

»Sagt deine Menschenkenntnis?«

»Ja.«

»Leg dir 'ne neue zu. Wieso soll es denn schlimmer für einen reichen Sack sein, alles zu verlieren, als für eine arme Sau? Alles bleibt doch wohl alles.«

Lyle schwieg einen Augenblick.

»Na gut«, sagte er schließlich. »Da ist was dran. Aber

die Typen, die ich gefragt hab, wirkten nicht besonders wütend. Also, wütend schon, aber nicht auf Promp, sondern eher auf sich selbst, weil sie zu blöd waren, die entscheidende Frage richtig zu beantworten.«

»Hast du irgendwelche Leute auf deiner Liste, die Promp in einem besonders unglücklichen Moment auf die Straße gesetzt hat?«

»Tjaaa«, sagte Lyle nach kurzem Zögern. »Einen Zahnarzt, der gerade seine Praxis bezahlt hatte. Und einem Makler, der sich zur Ruhe setzen wollte.«

»Dann guck dir erst mal die beiden an.«

»Wollte ich gleich machen.«

»Kannst du nicht im Mobil essen?«

*»Chop Suey?«*

Sherman unterbrach die Verbindung, ohne Lyle irgend etwas zu wünschen, und holte sich den Bericht der Spurensicherung über den Mord im Park auf den Schirm. Wie die ersten fünf Opfer des Reißers war der ermordete Jogger Kevin Oblomov ein gesunder Endzwanziger gewesen. Freizeitsportler, gute körperliche Verfassung, Nichtraucher, gelegentlicher Konsument von Wein und Bier, keine scharfen Sachen. Letzter Geschlechtsverkehr vor drei Tagen, Kontaktlinsenträger, mittelmäßige Zähne, Schwäche für Süßigkeiten ohne Schokolade, angestellt bei einer Versicherung, keine Vorstrafen. Der einzige bedeutende Unterschied zu den vorangegangenen Morden war auf Seite sechs des Protokolls bescheiden dokumentiert: Unter Oblomovs Fingernägeln hatte man Spuren von Textilfasern gefunden. Fasern eines Priaboss™-Herren-Jogginganzuges aus der Vorjahrskollektion. Der Schwermetallteilchenkonzentration auf den Fasern nach zu urteilen, hielt sich der Träger bevorzugt im Südwesten der Stadt auf, also dort, wo ihn die cleveren Jungs vom NEWS-NET schon seit Beginn der Mordserie vermuteten: in den chemisch grauen Vororten, wo man Sightseeing-Busse nur sah, wenn deren Fahrer entweder neu im Geschäft waren oder blind, taub und wahnsinnig.

Sherman ließ sich eine Liste der Sportmodegeschäfte erstellen, die Priaboss™-Artikel führten, und kratzte sich irritiert an der Schläfe. Priaboss™ bombardierte die Konsumwelt seit Jahren mit einer extrem schrillen, starlastigen Werbekampagne, die auf den versnobten Slogan »Wear! It! Counts!« hinauslief. Dementsprechend gut war das Image der Marke, und dementsprechend teuer waren die Priaboss™-Anzüge, -Sportschuhe und sonstigen Accessoires. Daß ein geistesgestörter Killer aus dem Ghetto in einem solchen Anzug morden sollte, paßte nicht recht in Shermans im Laufe der Jahre immer wieder akribisch korrigiertes Weltbild.

»Sir?«

»Ja, Sarah?«

»Haben Sie's schon gelesen?«

»Was?«

»Die neuste Ausgabe des News-Man?«

»Nein.«

»Oh...«

»So schlimm?«

»Sie sollten es sich mal ansehen, glaube ich...«

Sherman kramte den handlichen, rechteckigen News-Man aus der Schreibtischschublade und verband ihn per Kabel mit der Daily-ROM-Dose in der Wand neben seinem Schreibtisch. Das Gerät benötigte keine fünf Sekunden, um die aktuelle Ausgabe der elektronischen Zeitung einzulesen. Sherman rief die Titelseite auf.

SUPERCOP SICHERHEITSRISIKO? fragte ihn das Gerät in dicken Lettern und setzte die Unfreundlichkeiten im anschließenden Artikel ungehemmt fort. Palmer hatte sich selbst übertroffen: Er erwähnte kurz, daß die Aufklärungsquote von Inspector Victor Sherman bis vor kurzem bei exquisiten achtundachtzig Prozent gelegen habe, der Polizist nun jedoch offensichtlich sowohl mit seinem Latein als auch mit den Nerven am Ende sei. Darunter folgte ein grauenhaftes Phantombild des Reißers. Wäre der Kerl tatsächlich mit einem derart grauenhaften Gebiß geschlagen gewesen, hätten Sherman und seine Kollegen lediglich die Unterlagen sämtlicher Zahnärzte der Stadt überprüfen müssen.

Sherman klickte das Film-Icon an und sah sich eine geschickt zusammengeschnittene Sequenz an, die vor dem KOPF ODER ZAHL?-Studio aufgenommen worden war und einen Journalisten zeigte, der schreiend vom Passantenfänger eines Polizeimobils segelte, in den Büschen am Straßenrand landete und – nach einem fast unmerklichen Schnitt – von Sanitätern versorgt wurde, weil er stark am Kopf blutete. Wäre Sherman nicht selbst dabeigewesen, hätte er geglaubt, daß die beiden Männer im Wagen den armen Schreiber umbringen wollten. Skeptischen Zuschauern gab Palmers bissiger Kommentar den Rest.

»Heute mittag vor dem KOPF ODER ZAHL?-Studio: Mit hoher Geschwindigkeit rast das Dienstmobil von Inspector Sherman – gesteuert von seinem Assistenten Officer Richard Lyle – in eine Gruppe wartender Berichterstatter. Ein Journalist wird erfaßt, erleidet schwerste Kopfverletzungen und muß zur Intensivversorgung ins Zentralkrankenhaus eingeliefert werden.« Es folgte ein

Schnitt zu einer im Stadtpark geschossenen Nahaufnahme von Lyle, der mürrisch »Kein Kommentar... Saftsack« sagte, dann erschien Palmers Gesicht. »Inkompetenz und Frustration – das ist eine gefährliche, ja brisante Mischung. Nicht nur die Bürger dieser Stadt, auch Experten fragen sich, ob Victor Sherman nicht allmählich zu einem Sicherheitsrisiko wird. Befragt, weshalb man bei der Untersuchung der Reißer-Morde bisher keinen Schritt vorangekommen sei, wies Sherman alle Verantwortung von sich und sagte, Schuld am derzeitigen Zustand trügen allein die Medien. Bei allem Verständnis für den Inspector und seine – vielleicht auch privat – schwierige Situation...«

Sherman klickte sich zurück in den bildlosen Teil des News-Man. Er tippte auf das Sensorfeld der Gegensprechanlage.

»Sarah?«

»Ja, Sir?«

»Meinten Sie den Bericht von Palmer?«

»Ja. Soll ich eine Mitteilung heraus...«

»Nein. Lassen Sie ihn schreiben und zusammenschneiden, was er will.«

»Aber...«

»Ich weiß. Wenn Jennings anruft: Ich bin nicht da.«

»Ist gut.«

Sherman klickte das Inhaltsverzeichnis an und überflog die wichtigsten Meldungen des Tages. Sport, Sport und noch mal Sport. Football, Basketball, Fußball, Tennis, kurzlebige Unter- und Abarten wie Zwergenweitwurf und Nasenringen; Spielbergs neues Necromovie mit Marilyn, Marlon und Jimmy, taufrisch aus Lucas' Morphing-Studios; Artikel über das bevorstehende Ende der Interactive Malls, zunehmende Jugendkriminalität in den Randbezirken, die neue Not der Rentner, marode Krankenkassen, Prognosen für die bevorstehenden Europawahlen, einige Dutzend Berichte über Seuchen im zerbombten Algier und die allgemeine Situation an der europäisch-afrikanischen Front, der übliche Klatsch und Tratsch über koksende Prominente und ihre schweinischen Spielchen. Teil drei der groß angekündigten Beichte des Supergroupies Starla Keen, diesmal mit häßlichen Enthüllungen über den Oscargewinner Nick Kwier und seine Vorliebe für anal eingeführte Wellensittiche ...

Sherman schaltete den News-Man ab und legte ihn zurück in die Schublade. Er sah auf die Uhr, seufzte, trank einen Schluck kalten Kaffee, klickte sich zurück ins Aufzeichnungsmenü und konzentrierte sich, um den Bericht über die nächtliche Razzia in möglichst interessiertem, wachem, sachlichem Tonfall zu Ende zu sprechen.

## Schlüpfriges

Sherman stand unter der Dusche und ließ sich warmes Wasser ins Gesicht trommeln, als er jemanden an die Tür seines Apartments klopfen hörte. Er rührte sich nicht. Der Jemand klopfte wieder, diesmal etwas lauter.

Mit einer müden Geste schaltete Sherman die Dusche aus, trat aus der Zelle und knotete sich ein Badelaken um die Hüften. Tropfend ging er zur Tür, sah auf den Monitor und öffnete.

»Oh«, hauchte Ann verlegen.

Sherman tropfte vor sich hin und sah seine Nachbarin ungerührt an. Sie trug klimpernde Ohrringe, Jeans und einen weiten Pullover und hielt eine kleine Plastiktüte zusammengeknüllt in der Hand.

»Ich… Sie waren wohl gerade unter der Dusche…?«

»Sie sollten Polizistin werden.«

»Tut mir leid.« Sie sah zu Boden.

»Nicht so schlimm«, sagte Sherman. »Kommen Sie rein, es zieht.«

»Ja. Ich kann aber auch gleich wieder…«

Mit einer Kopfbewegung bat Sherman sie herein. Er schloß die Tür hinter ihr, bot ihr einen Platz an und verschwand im Badezimmer. Eine knappe Minute später saß er mit halbtrockenen Haaren und in einen schwarzen Kimono gehüllt vor ihr auf dem Sofa und sah sie müde, aber freundlich an.

»Hat er wieder angerufen?«

Sie schüttelte den Kopf. »Nein«, sagte sie, und ihre Stimme zitterte leicht, »aber ich habe… das hier in meinem Postschacht gefunden.« Sie hielt ihm die Plastiktüte hin. Er sah hinein, runzelte die Stirn und leerte die Tüte über dem Couchtisch. Eine dunkelblaue Herrenunterhose fiel auf die Tischplatte. Sherman stand auf, holte ein Paar Einmalhandschuhe und eine sechs mal sechs Zentimeter große Plastikkarte aus einer Schrankschublade, setzte sich wieder hin und hob die Unterhose mit spitzen Fingern hoch. Mit der anderen Hand reichte er seiner ängstlichen Nachbarin die Plastikkarte.

»Reißen Sie die Folie ab und drücken Sie die Fingerspitzen der rechten Hand drei Sekunden auf das schwarze Feld.«

»...?«

Er deutete auf das Beweisstück. »Haben Sie das Ding angefaßt?«

»Äh... ja... Ach so.«

Während sie die Folie von der Karte riß, sah Sherman sich die Unterhose von innen an. Er bemerkte die eingetrockneten Flecken an der Vorderseite, ließ die Hose zügig in die Tüte zurücksinken, nahm Miss Whitefield die IdentiCard ab und sah sie möglichst zuversichtlich an.

»War das alles?«

»Bitte?«

»War sonst noch irgendwas in der Tüte?«

»Nein.«

»Gut. Ich lasse das Ding morgen im Labor untersuchen...«

»Ich...«, sagte sie und verstummte zitternd.

Sherman räusperte sich. »Sind Sie auf dem Weg zur Uni sicher? Fahren Sie mit Freunden?«

»Mit der U-Bahn.«

»Nehmen Sie morgen ein Taxi. Wir werden schon irgendwelche Hinweise auf den Burschen finden. Und falls nicht, besorge ich Ihnen ab übermorgen einen Aufpasser.« Sherman stand auf. »Wie klingt das?«

Sie stand ebenfalls auf und nickte schwach. »Gut.« Sie sah Sherman in die Augen. Er erwiderte den Blick. »Darf ich Sie...?«

»Jederzeit. Klopfen Sie, wann immer Sie wollen. Ich komme zwar meistens ziemlich spät, aber...«

»Ja. Ich weiß. Danke.«

»Notfalls rufen Sie mich in der Zentrale an.«

»Ja. Ist gut.« Als sie in der Tür standen, legte Sherman

seine rechte Hand kurz auf ihre linke Schulter. Er wußte nicht, was er sonst noch tun sollte. Beruhigt hatte er sie nicht. Jedenfalls nicht nennenswert.

»Alles in Ordnung?« fragte er.

»Ja«, log sie nickend und lächelte schwach. »Sie... sind sehr nett. Danke.«

Für Sekunden stand sie da und sah aus, als wolle sie noch etwas sagen. Schließlich lächelte sie bloß, wandte sich ab und ging. Sherman wartete, bis sie in ihrem Apartment verschwunden war. Dann schloß er die Tür und ließ sich völlig erledigt auf sein Bett fallen. Er wollte sich nur ein paar Minuten ausruhen. Nur ein bißchen dösen. Er war zu müde, die Wiegeautomatik abzuschalten. Nur kurz dösen, dachte er, und dann etwas essen und vielleicht noch ein bißchen lesen und nachdenken, und schlief ein.

## Bumm!

Ein schmieriger, verlauster Penner mit unglaublich großen Zähnen stopfte Veronica Hagen Mandel-Pralinen in den Hals, während Lyle, ungerührt Hammelkeulen kauend, neben einem sabbernden Jogger saß, der mit einer Kinderschere andere Jogger aufriß und dabei in Intervallen fiepte. Bis auf das Fiepen war der Traum einigermaßen plausibel.

Sherman wachte halb auf, rollte sich auf die Bettkante und tastete im Halbdunkel nach seinem Schultercom.

»Mmmh?«

»Dimmer hier, Inspector.«

Dave Dimmer tat nachts, was Sarah Silverman tagsüber tat: er hockte in der Kommunikationszentrale und beglückte Beamte mit schlechten Nachrichten. Shermans Augen kasperten ein Weilchen durch ihre Höhlen, bevor sie den Wecker entdeckten. Es war viertel vor fünf. Durch die geschlossenen Jalousien ahnte Sherman eine langsam aufgehende Sommersonne.

»Moarggh«, sagte er.

»Tut mir leid, Sir«, sagte Dimmer ungerührt, »aber vor zehn Minuten ist Dan Ellman inklusive seines Arbeitszimmers in die Luft geflogen, und der Chief meinte, ich sollte Sie sofort aus dem Bett holen.«

Sherman war inzwischen dreiviertelwach und suchte im Halbdunkel nach seiner Hose.

»Wer?«

»Jennings.«

»Nein. Wer ist in die Luft gegangen?«

»Dan Ellman.«

»*Der* Dan Ellman?«

»Ja, Sir.«

Sherman ließ sich die Adresse durchgeben, hedderte sich in seine Hose und klemmte sich die Dienstwaffe unter den Arm.

»Benachrichtigen Sie Lyle«, sagte er. »Und sagen Sie ihm, er soll *nicht* vorher frühstücken.«

»Ja, Sir.«

# Ellmans letzter Knaller

»Heiliger Strohsack«, murmelte Sherman und tappte müde in die Trümmerlandschaft, die noch vor einer guten Stunde Dan Ellmans Arbeitszimmer gewesen war. Er warf einen kurzen Blick nach oben. Durch die Reste der Zimmerdecke tropfte Wasser, und Streifen eines geplatzten Komfortwasserbetts hingen wie zu lang gekochte Bandnudeln zwischen aufwärts gebogenen Metallstreben. Er sah wieder nach vorn. Die Explosion hatte einen etwa vier mal vier Meter großen Krater in den Boden gerissen. Vom Parkettboden war nur noch unmittelbar vor den teuer furnierten Wänden etwas zu sehen.

»Morgen, Sherm.«

Sherman drehte sich um. Lyle stopfte sich gerade einen dunkelroten Burger in den Mund.

»Schmeckt's, ja?«

»Mmmh«, nickte Lyle, »gaa nifft snnecht. Waff neuff: Kambodschaknabbe. Wiff wu waff ab?«

Shermans Blick hätte auch die stärkste Kambodschakrabbe im Panzer gegrillt, aber Lyle konterte geschickt mit einem Gesichtsausdruck von der unbefleckten Sorte, schluckte gemütlich und schmatzte sich die Fingerspitzen ab.

»Und?« knurrte Sherman.

»Höchstwahrscheinlich Tritonit. Oder, schmatz, was in der Art. Eingestellt, schmatz, auf begrenzte, schmatz, Reichweite, vier Meter in jede Richtung, schmatz. Mmmh. Ziemlich kompaktes Baby.«

»Dann ist Ellman...?«

Lyle nickte.

»Irgendwelche Verletzten?«

Lyle schüttelte den Kopf und schluckte die letzten Reste der Kambodschakrabbe herunter. »Keine. Das da oben ist Ellmans Schlafzimmer. Seine Frau hat ein eigenes. Berühmt sein bringt's also auch nicht, wenn du mich...«

»Habt ihr die schon verhört?«

»Nein. Wir haben sie befragt, aber der Doc sagt, daß sie wegen des Knalls nur Weihnachtsglöckchen hört. Kann zwei, drei Stunden dauern.«

»Aha.« Sherman nickte. »Und Ellman war hier drin?«

»Mitten drin.«

»Irgendwelche Spuren?«

»Wir haben ein halbes Ohrläppchen gefunden. An der Schlafzimmerdecke...«

»Hinweise, Lyle. Auf den Täter.«

»Ah... Nein, keine.«

Sherman trat in den Krater und sah sich um. Der Sprengsatz hatte Ellmans gesamtes Arbeitszimmer in winzige, überwiegend graue und braune Flocken zerrissen. »Wissen wir schon, wie die Einrichtung vorher aussah?«

»Noch nicht genau. Aber es war sein Arbeitszimmer, also wird wohl ein Schreibtisch dringestanden haben. Sein Computer, paar Bücher, Teppiche, Bilder, Zimmerpflanzen, so was.«

Sherman trat an den leeren Fensterrahmen und sah hinaus in den parkartigen Garten, der zum Anwesen der Ellmans gehörte. Direkt vor dem Fenster lag ein großzügiger Teich, in dem kitschige, teure Wasserspeier und -fälle nervös vor sich hinplätscherten. Man muß nicht reich sein, um einen schlechten Geschmack zu haben, aber Geld erleichtert die Beweisführung. Ein leichter Wind kräuselte die Wasseroberfläche, und durch den rotgrauen Morgenhimmel über der weit entfernten City schleppten sich Wolken, die aussahen wie Schäfchen aus Tierversuchsanstalten. Sherman wandte sich wieder Lyle zu.

»Kam das Ding von draußen?«

»Die Spurensicherung sagt nein.«

»Hmmh.«

»Äh ... die Jungs vom NEWS-NET warten. Was ...?«

»Sag ihnen, daß sie von Dan Ellman keinen Bestseller mehr erwarten sollten.«

## Wer da? Gut Feind

»Aber wer?« sagte Sherman und machte quietschend auf dem Absatz kehrt. Er lief zum hundertfünfzigsten Mal vom Fenster seines Büros in Richtung Tür. Das war normalerweise gut für seine Gehirnzellen. Diesmal war es nur gut für die Schuhindustrie.

Lyle saß reglos auf der Schreibtischkante, zerbiß eine grünliche Synthetikwurst und zuckte die Achseln.

»Jeder hat Feinde. Promp hatte welche und Ellman eben auch.«

»Na, das bringt uns ja mächtig voran, danke, Lyle.« Sherman machte sich auf den Rückweg zum Fenster. »Klar hat jeder Feinde. Aber Ellman hatte einen, der in seinem Haus ein und aus gegangen ist, jemanden, der unbeobachtet in sein Arbeitszimmer marschieren und einen Sprengsatz verstecken konnte – bei einem der weltweit meistgelesenen Autoren, dessen letzte sechs Bücher sich jeweils millionenfach verkauft haben und verfilmt worden sind. Das Virtuality-Spiel zur Morgner-Dynastie hat einen Mario-Award gekriegt...«

»Was du alles weißt.« Lyle biß in die Wurst und schmatzte.

»Sag mal...« Sherman blieb stehen, »macht es dir was aus, an der Wurst zu ersticken?«

»Hmmh? Äh... ja. Wenn du mich loswerden willst, mußt du mir schon was Besseres vorsetzen.«

»Es ist ungesund, so viel zu fressen.«

»Wenn du so weiterwanderst«, sagte Lyle ungerührt und deutete auf den Boden, »brichst du gleich durch in die Pathologie.«

»Das nennt man Vorausdenken. Deshalb bin ich der Chef, und du bist mein Assistent.«

»Aha. *So* ist das.«

»Ja, *so* ist das.« Sherman setzte seine Wanderung fort. »Ellmans Frau sagt, ihr Mann habe gerade an einem neuen Buch gearbeitet. Richtig?«

»Richtig.«

»Einem Buch, das garantiert ein Bestseller geworden wäre.«

»Schon wieder richtig.«

»Und dann läßt der Mann jemanden in sein Arbeitszimmer? Unbeobachtet?«

»Warum nicht?«

»Weil man bloß eine leere CD-I braucht, um sich eine Kopie des Manuskriptes zu ziehen.«

Lyle spitzte den Mund und stellte das Kauen kurz ein. »Da ist was dran. Das heißt, er könnte höchstens einen Freund in das Zimmer gelassen haben.«

»Und keinen Feind.«

»Bravo.«

»Beziehungsweise einen Freund, der keiner war.«

»Und den müssen wir finden.«

»Kann doch nicht so schwer sein.«

»Ach ja?« Sherman zog die Augenbrauen hoch und setzte sich. »Ah ja!« sagte er und sah seinen Assistenten erwartungsvoll an. »Wenn das so ist, darf ich wohl davon ausgehen, daß du Promps Freund, den netten Pralinenverschenker, inzwischen längst gefunden hast.«

»Nein. Aber ich hab den Zahnarzt und den Makler überprüft. Beide haben sich berappelt. Doktor Szell hat eine neue Praxis eröffnet und ist heute reicher denn je; wie's aussieht, hat er schwarz gearbeitet. Hab ich aber nicht überprüft, schließlich bin ich nicht bei der Steuerfahndung.«

»Gut für die Steuerfahndung.«

»Was sind wir heute wieder gut gelaunt ...«

»Weiter.«

»Der Makler heißt Zaksawszerewszki ... Hoppla.«

»Wisch das ab ... da ist noch was, an der Krawatte.«

Lyle zog ein Taschentuch heraus, wischte sich die Wurstschnipsel vom Schlips und warf das Tuch in den Müllzerkleinerer. »Dieser Zak ...«

»Ich weiß schon, ja.«

»Gut. Der hat damals jedenfalls seine Eigentumswohnung verloren. Seine Frau hat ihn verlassen, aber das scheint ihn nicht besonders gekratzt zu haben. Eher im Gegenteil. Er hat mir ein Bild von ihr gezeigt, und ich muß sagen ...«

»Also haben wir keinen aussichtsreichen Kandidaten.«

»Stimmt.«

»Dann sollten wir erst mal woanders suchen.«

»Und zwar?«

»In seinem Privatleben.«

»Oh«, sagte Lyle und wuchtete sich hoch, »gut, daß du das sagst. Warte mal.« Er öffnete die Verbindungstür zu seinem Büro, ging zu seinem Schreibtisch, fegte einige Burger-Verpackungen beiseite und kehrte mit einem Stoß Zettel zurück. Er sortierte und hielt dann einige der Seiten hoch.

»Promps Testament. Eben vom Notar gekommen. Miss Hagen erbt alles.«

»Hab ich mir fast gedacht. Ist das Ding neu?«

»Nein... sieben Jahre alt.«

»Okay. Und was hast du da noch?« Sherman deutete auf die übrigen Ausdrucke.

»Ein Interview«, sagte Lyle stolz, »mit Enno Van Damme.«

»Wer ist das?«

»Du sollst wirklich mehr fernsehen. Enno Van Damme moderiert DIE KONTAKTLINSE und ENNOS GOLDENES GLÜCKSBAND. Beides mäßig erfolgreiche Vorabendshows. Das GLÜCKSBAND ist was für Rentner, die KONTAKTLINSE eher was für junge Leute. Total bescheuert übrigens. Die Gewinner kriegen ne Reise nach Acapulco und müssen das Kamerateam dann überall mit reinlassen. Also, bei mir wär da absolut tote Hose; stell dir mal vor, du liegst mit ner Frau im Bett, die du gewonnen hast, und neben dir steht der Beleuchter...«

»Komm zur Sache.«

»Ja. Van Damme hat gestern in einem SCREENBIZ-Interview gesagt... Moment«, Lyle blätterte. »Im großen und ganzen die übliche Schleimerei, aber mit Ausfällen … ah. Hier. *Natürlich tut es mir leid um Promp, aber ich habe es kommen sehen. Er hat die Menschen verachtet, die in seine Show kamen, und es hat ihm Freude bereitet, andere zu demütigen, auch privat.* Und hier, weiter unten, auf die Frage, ob er nicht einen Mordshaß auf Promp hatte, weil der ihm vor zehn Jahren WAS WETTEN WIR? weggenommen hat … *Ich mochte ihn nicht, aber Haß ist mir vollkommen fremd* … Wer behauptet so was von sich?«

»Leute, die vor Haß kaum schlafen können.«

Lyle las nickend weiter. »*Er war ein harter Geschäftsmann, aber er war auch ein guter Moderator. Was er damals getan hat, hätte ich zwar nicht getan, aber solche Dinge gehören dazu. Er hat mir letztlich nicht geschadet …*« Er ließ die Seiten sinken. »Das stimmt natürlich nicht. Van Damme hat seit WAS WETTEN WIR? keine einzige Prime-Time-Show mehr gekriegt … Was halten wir davon?«

Sherman wiegte skeptisch den Kopf hin und her. »Den sollten wir uns vielleicht mal anssehen. Aber bevor wir das machen, redest du noch mal mit Miss Hagen. Frag sie nach Van Damme. Und versuch, etwas mehr über sie und ihre Beziehungen in der Branche rauszukriegen.«

»Mach ich.«

Biiiiep. »Inspector Sherman?«

»Ja?«

»Saasu Kinglet ist gerade tot aufgefunden worden …«

»Was?«

»Na ja, direkt aufgefunden hat man sie eigentlich nicht. Es hat offenbar eine Explosion …«

»Wo?« sagte Sherman und schnappte sich seine Jacke vom Hafthaken.

»Dozenoaks 17. Das ist in Galen.«

## Schon wieder Bumm!

Sherman wanderte nachdenklich durch den Krater und schüttelte den Kopf. Saasu Kinglets Arbeitszimmer war wesentlich größer gewesen als das von Ellman. Die begrenzte Detonation hatte auch hier ein sauberes Rechteck in den Raum gerissen, aber um dieses Loch herum war alles pietätlos unversehrt geblieben. Die todschicke Ledergarnitur in der Ecke tat, als ginge sie der ganze Dreck überhaupt nichts an.

Sherman blieb in der Mitte des Kraters stehen. »Hier muß also der Schreibtisch gestanden haben«, sagte er, mehr zu sich selbst.

»Stimmt«, sagte Lyle, der gute Ohren hatte. Er stopfte sich den Rest eines XXL-Schokoriegels in den Mund, ging kauend auf seinen Vorgesetzten zu und hielt ihm ein Foto hin. »Hier.«

Sherman betrachtete das Bild. Es zeigte eine sehr lebendige Saasu Kinglet, die auf einem sündhaft teuren CEREBRATE-Sessel am Schreibtisch saß. Sherman beneidete sie nachträglich um ihren Arbeitsplatz; CEREBRATE-Sessel beschleunigten durch Niederfrequenzwellen die Blutzirkulation in den Füßen und sorgten so für eine bessere Sauerstoffversorgung des Gehirns. Saasu Kinglets Büchern nach zu urteilen, hatte allerdings auch das nichts genützt. Der Schreibtisch, an dem sie saß, war aus ergonomisch geformtem, leicht fluoreszierendem Kunstholz gefertigt und sah ebenfalls nicht billig aus. In die Tischplatte war eine Tastatur eingelassen, und vor dieser Tastatur stand der unvermeidliche Luxus-Flat-Screen. Die Fingerspitzen der Kinglet lagen auf den Tasten. Vier der dazugehörigen Finger hatte die Spurensicherung inzwischen gefunden. Sherman drehte das Foto um. Es war noch keine Woche alt.

»Also mitten drin«, sagte Sherman.

Lyle nickte.

»Das heißt«, fuhr Sherman fort, »der Sprengsatz steckte entweder im Sessel oder – wahrscheinlicher – im Tisch.« Er ließ das Bild sinken. »Und es heißt außerdem, daß wir nach jemandem suchen, der sich ungestört sowohl an Ellmans als auch an Kinglets Arbeitsplatz zu schaffen machen konnte. Irgendwelche Verbindungen zwischen den beiden?«

»Wird gerade geprüft«, sagte Lyle, als ein junger Beamter neben die beiden Männer trat und Sherman einen Computerausdruck überreichte.

»Kam gerade aus der Zentrale, Sir.«

»Danke«, sagte Sherman und nahm den Bogen an sich. Er las. Lyle wartete. Er wußte, daß sein Chef sich beim Lesen nicht gern über die Schulter sehen ließ.

»Mmh«, sagte Sherman. »Beide Mitglieder im PEN, im INK, im Rotary-Club und im Rommerzer...«

»Was'n das? Käsefreunde e.V.?«

»Club der Auflagenmillionäre...« Sherman runzelte die Stirn. »Sag mal, hast du zufällig die aktuelle Bestsellerliste im Kopf?«

»Nein.«

»Nur Essen, was, Lyle? Sergeant!« brüllte Sherman.

»Ja, Sir!«

»Ich brauche die Bestsellerliste von heute. Sofort.«

»Suchst du was Nettes zum Lesen? Fürs Wochenende?«

»Verarsch dich selbst.«

Der angebrüllte Sergeant eilte durch die Trümmer auf Sherman zu und drückte ihm die Liste in die Hand. Sherman betrachtete sie.

»Siehst du, Lyle...«

»Was?«

»Platz 1: Dan Ellmann, Platz 2: Saasu Kinglet.«

»Aha. Und Platz 3?«

»Pincher. Violet Pincher mit *Herbstwind*. Mein Gott, was kaufen die Leute für einen Mist... hast du mal was von der Pincher gelesen?«

»Nein.«

»Stimmt, du liest ja nur Speisekarten.« Er faltete die Liste zusammen und sah auf. »Wir sollten vielleicht mal mit Mrs. Pincher reden.«

Biiiiep.

Sherman klappte sein Schultercom hoch und sagte: »Ja, Sarah?«

»Sir... wir haben schon wieder eine Leiche.«

»Violet Pincher?«

»Ja. Aber woher...?«

»Scheiße.« Sherman drückte Lyle die Liste in die Hand. »Sarah, schicken Sie einen Wagen hin. Wir fahren zu... na los, Lyle, wer ist Nummer 4?«

»Äh... Rosa Fartwright.«

»Sarah, wir brauchen die Adresse von Rosa Fartwright.«

»Sofort, Sir.«

Sherman wandte sich an Lyle. »Sag mal, die Liste wird doch täglich neu erstellt, oder?«

»Woher soll ich das wissen?«

»Herrgott«, knurrte Sherman.

»Avenue van Gogh 74«, sagte Sarah. »Das ist...«

»Ich weiß. Danke«, sagte Sherman und kappte die Verbindung. Lyle stand noch immer seelenruhig neben ihm.

»Wie sieht's aus, Dicker? Kleine Verdauungsfahrt?«

## Verdächtig lebendig

Obwohl Lyle mehrmals sehr, sehr nett »Bitte« sagte, erlaubte Sherman ihm keinen Zwischenstop, nicht mal an einem Pommes-Frites-Automaten. Als das grün-gelbkarierte Streifenmobil mit der schicken großen Nummer vor der weißen Spiegelpyramide in der Avenue van Gogh zum Stehen kam, knurrte Lyle vor Verzweiflung laut mit dem Magen. Sherman sah ihn entnervt an.

»Kannst du eigentlich auch mal an was anderes denken?«

»Nur wenn ich keinen Hunger habe.«

»Ist das schon mal vorgekommen?«

»Müßte ich nachdenken. Aber vorher brauche ich was zu essen.«

Sherman wollte gerade aussteigen, als Sarah sich wieder meldete.

»Inspector, wir haben die neue Bestsellerliste. Soll ich sie Ihnen rüberschicken?«

»Ja. Danke.« Sherman schaltete den Bordcomputer ein

und ließ sich die frisch überspielte Liste zeigen. Seine Gesichtszüge entgleisten.

»Das gibt's doch nicht.«

»Was denn?«

»Sie ist raus.«

»Wer?«

»Die Fartwright, Kerl, wer denn sonst?« Sherman deutete vorwurfsvoll auf den kleinen Bildschirm. »Sie ist raus. Weg. Nicht mehr unter den ersten fünfzehn.«

»Hör mal, Sherm, es ist doch gar nicht gesagt, daß sich unser Killer nach der jeweils aktuellen Liste richtet. Das kann doch rein zufällig...«

»Sir?«

»Ja, Sarah?«

»Wir haben schon wieder einen Toten.«

»Du lieber Gott. Wen? Warte...« Er sah auf den Monitor. »B. B. Milton, der neue Platz vier?«

»Äh. Nein. Danielle Tara.«

»Was? Aber die steht doch auf fünf. Von acht auf fünf...« Er sah Lyle an und runzelte die Stirn. »Was sagt uns das?«

»Daß wir B. B. Milton auf den Zahn fühlen sollten?«

»Regents Fleet 23a«, sagte Sarah.

»Danke...«, sagte Sherman, »Regents Fleet? Das ist in South Eden, oder?«

»Ja, Sir.«

»Beschissene Gegend für einen Bestsellerautor.«

# B. B. Milton, Shooting Star

Die Straßen dampften vor Hitze und rochen entsprechend, als die beiden Polizisten vor dem rostigbraunen Lagerhaus am Regents Fleet aus dem Mobil stiegen. Während Lyle vergnügt an einer genetisch großmanipulierten Hammelkeule nagte und seinen Schlips mit Soßenflecken verzierte, sah Sherman sich skeptisch um. Er mochte diesen Stadtteil nicht. In South Eden mußte man mit allem rechnen, wenn man einen vernünftig sitzenden Anzug trug.

Als sie auf den verwitterten Eingang des uralten Backsteingebäudes mit der Nummer 23a zugingen, löste sich ein zerlumpter junger Mann mit grüngefärbten Haaren aus dem Schatten unter der Vordertreppe. Er taumelte auf die beiden Männer zu, betrachtete sie kurz und entschied sich für Lyle.

»He«, krächzte er und hielt eine ockerfarbene Hand auf, »hasse ma 'n Ecu für 'ne Tasse Kaffee?«

»Wo gibt's denn für einen Ecu Kaffee?« schmatzte Lyle skeptisch.

»Na, was soll ich'n sagen, Mann: Hasse ma drei Ecu fuffzich?«

»Zum Beispiel.«

»Okay«, krächzte der Junge. »Hasse ma drei Ecu fuffzich?«

»Nein«, sagte Lyle.

Sherman kramte etwas Kleingeld heraus, gab es dem Jungen und schickte ihn mit einer Handbewegung fort. »Lyle, du bist eine Ratte.«

»Wieso? Ich hab wirklich kein Kleingeld.«

Sherman stieg die Treppe hinauf und sah auf dem Klingelschild neben dem Eingang, daß B.B. Milton im ersten Stock wohnte. Er drückte auf den Knopf.

»Ja?« knisterte es aus dem Lautsprecher.

»Milton?«

»J-ja?«

»CI-Central. Lassen Sie uns rein.«

Für Sekundenbruchteile geschah nichts. Dann schwang die Tür langsam nach innen. Sherman drehte sich um.

»Lyle, wirf endlich dieses blöde Ding weg.«

»Wnaff?«

»Schmeiß-es-weg. Du brauchst deine Hände vielleicht. Und wisch dir das Fett ab.«

Lyle warf der Keule einen letzten traurigen Blick zu. Dann sah er sich um und schleuderte sie hinter eine Mülltonne, die einige Meter vom Eingang entfernt stand. Sherman hörte das leise Fauchen und Rascheln aus dem Schatten und fröstelte. Er betrat zügig den Hausflur und stieg, gefolgt von Lyle, die Treppe zum ersten Stock hoch.

Milton erwartete sie bereits. Er trug die Haare etwas zu lang, war groß und schlank und sah aus, als könne er keine Fliege totschlagen, ohne anschließend ein Gedicht über Schuld und Sühne zu schreiben. Sherman nickte kurz in Lyles Richtung. Lyle schubste Milton an die Wand und klopfte ihn ab. Der frische Bestsellerautor protestierte halbherzig.

»Keine Waffe«, sagte Lyle und trat zurück.

»Gehen wir rein«, sagte Sherman.

Sie folgten Milton ins Arbeitszimmer, ein kleines Atelier, dessen schmutzige Fenster einen fantastischen

Ausblick auf die Wand des Nachbarhauses boten. Überall lagen Bücher und CD-Is herum, an der linken Wand hockte ein trauriges kleines Sofa, auf dem Boden lag ein verschlissener Teppich, und in der rechten Hälfte des Raumes stand ein moderner Schreibtisch inklusive des obligatorischen Bildschirms und eingelassener Tastatur. Es war das gleiche Modell wie auf dem Bild von Saasu Kinglets Arbeitszimmer. Sherman betrachtete den Tisch. Dann legte er den Kopf schräg und sah Milton an.

»Sie sind B. B. Milton?«

»Ja. Und wer...?«

»Sherman, CI-Central. Sie stehen auf der neuen Bestsellerliste.«

»Oh«, sagte Milton unsicher. »Das... wußte ich nicht.«

»Ist ja auch ganz frisch.«

Schweigend ging Sherman um den Schreibtisch herum und betrachtete Miltons Computer. Per Knopfdruck ließ er die Abdeckungen heruntergleiten und warf einen kurzen Blick in die Schubladen. Er berührte die Tischplatte mit den Fingerspitzen.

»Neu?«

»Äh. Ja. Hören Sie, was...?«

»Sie stehen auf Platz vier.«

»Oh. Gut.«

»Herzlichen Glückwunsch.«

»Danke...«

»Die ersten drei sind heute explodiert.«

»Kein schöner Anblick«, ergänzte Lyle bedauernd. Milton stand in der Mitte des Raumes und sah von Sherman zu Lyle und von Lyle wieder zu Sherman. Sein Gesicht war ein Fragezeichen aus Muskeln.

»Und Nummer fünf«, sagte Sherman, »ist auch gerade von uns gegangen. Nur die Nummer vier nicht.«

»Was... He. Das soll doch wohl... Sie meinen doch wohl nicht...« Milton verstummte und begann leise zu kichern. Er schüttelte fassungslos den gesenkten Kopf. »Das kann doch echt nicht wahr sein.«

»Reiner Zufall?« sagte Sherman.

»Ich bitte Sie, Officer.«

»Inspector.«

»Inspector. Ich habe nichts damit zu tun. Ich bringe keine Menschen um, ich schreibe Bücher.«

»Mit dem Ding hier«, sagte Sherman und nickte in Richtung Computer.

»Ja. Seit kurzem.«

»Und Sie waren nie bei Dan Ellmann, Saasu Kinglet, Violet Pincher oder Danielle Tara?«

»Nein. Natürlich nicht. Sind die etwa alle...?«

»Die sind alle, ja. Was dagegen, wenn wir uns mal umsehen?«

Milton runzelte kurz die Stirn. Dann zuckte er die Achseln und machte mit beiden Händen eine einladende Geste. »Bitte.«

Lyle verschwand aus dem Atelier. Sherman blieb stehen und musterte den Schriftsteller.

»Leben Sie allein hier?«

»Nein. Mit meiner Freundin.«

»Für so was haben Sie Zeit?«

»Mit Tastaturen kann man nicht reden. Außerdem sind sie im Bett ziemlich passiv.«

»Und was machen Sie?«

»Bitte?«

»Was Sie schreiben.«

»Oh. Alles mögliche. Vor allem Theaterstücke. Bisher. Und einige Romane. Verkaufen sich wie warme Semmeln mit Zementfüllung.«

Sherman zuckte sich ein Lächeln ins Gesicht. »Kein Wunder, wenn Ihre Scherze immer so geistreich sind. Aber weshalb stehen Sie dann auf der Liste?«

»Das ist *Bloodraid*«, seufzte Milton. »Ein Unterhaltungsroman. Antisemitische Zombies, paar Haustiere, viel Sex und ein Happy-End. Antisemitismus ist das einzige, womit man heute noch jemanden schocken kann. Ich bin selbst Jude, aber...«

»B. B. Milton?«

»David Roth. Aber behalten Sie das für sich, sonst bin ich nur noch ein Fall fürs Feuilleton.«

»Sie schreiben antisemitische Romane?«

»Was soll ich machen?« Milton hob resigniert die Arme und ließ sie wieder sinken. »Sex allein bringt überhaupt nichts: Jede Sekretärin spricht heute offen über ihr Geschlechtsleben – und zwar vorzugsweise in der U-Bahn –, religiöse Gefühle könnte man nur verletzen, wenn jemand welche hätte, also bleibt nur Quatsch, wenn man was verkaufen will – oder eben Rassismus. Und deswegen hat mich mein Agent gebeten...«

»Name?«

»Claude Verloc. Ink Inc.«

»Nein, wie originell. Adresse?«

Sherman ließ sich die Anschrift diktieren. Er nickte ein bißchen vor sich hin und wußte nicht recht, was er noch fragen sollte. Lyle kehrte zurück und schüttelte den Kopf.

»Gut«, sagte Sherman zu Milton. »Wir melden uns, wenn wir noch Fragen haben. Falls Sie die Stadt verlassen wollen, geben Sie uns Bescheid.« Er wandte sich ab und folgte Lyle hinaus. Auf der Türschwelle drehte er sich noch einmal um. »Und achten Sie ein bißchen auf Ihre Gäste.«

## Bumm! Bumm! Bumm!

Als Sherman und Lyle in die Zentrale zurückkehrten, empfing Sarah sie mit der unerfreulichen Nachricht, inzwischen seien nacheinander auch die Nummern elf, neun, acht und vierzehn der Bestsellerliste von ihren Schreibtischen aus in die ewigen Jagdgründe detoniert. Damit konnte man immerhin die Theorie zu den Akten legen, der Mörder halte sich an die Plazierungen auf der Liste, aber das war kein echter Fortschritt. Für die Nummern sieben und zehn, Noah Shaymen und Sheila Gigg, schien keine akute Gefahr zu bestehen, da beide augenblicklich verreist waren, um in verschiedenen Städten die immer gleichen Fragen betreffend ihre neuen Romane zu beantworten, und auf die Bewachung der Sechstplazierten Minnie Madmoocher konnte man ebenfalls guten Gewissens verzichten, da die skandalumwitterte Autorin des Casanova-Romans *Nicht ohne meine Hose* sich bereits im Frühjahr versehentlich eine Überdosis Waschpulver in den linken Arm gejagt hatte.

Sherman wanderte in seinem Büro auf und ab.

»Wir haben echt keine gute Presse, Sherman«, sagte Lyle und ließ ein frittiertes Dackelohr krachend in seinem Mund verschwinden.

»Weiß ich«, knurrte Sherman. »Noch zwei, drei Tage,

dann liegen unsere beliebtesten Autoren allesamt unter der Erde, und wir sitzen auf der Straße.« Er blieb stehen und sah seinen essenden Assistenten an. »Erklär's mir, Lyle.«

»Hmmh?«

»*Erklär's mir!* Was ist los? Wie und wieso... und leg diese verfluchten Hundeohren weg!«

»Sind lecker...«

Sherman riß ihm die Riesentüte aus der Hand und feuerte sie in den Müllvernichter.

»Du kannst fressen, wenn du suspendiert worden bist. Also. Was denkst du?«

»Ich weiß nicht«, seufzte Lyle mit einem wehmütigen Blick auf den Vernichter, der die Dackelohren gnadenlos zerknirschte. »Milton war's nicht, schätze ich.«

»Mach so weiter. Die Stadt hat acht Millionen Einwohner.«

»Verloc?«

Sherman winkte ab. »Hat auch die Tara betreut. Und die Pincher. Das ist Quatsch, Lyle.« Er setzte sich auf die Schreibtischkante. »Verloc ist kein Idiot, und niemand bringt die Kühe um, die die beste Milch geben.«

»Außer, wenn man ein Steak will.«

Sherman dachte kurz über die Bemerkung nach. »Willst du damit irgendwas andeuten?«

»Äh. Nein«, sagte Lyle unschuldig.

Sherman schloß die Augen und zählte bis zehn.

»Wir denken in die falsche Richtung...« sagte er dann und verstummte gleich wieder. Er sprang auf, hastete einige Male zwischen Tür und Fenster hin und her und murmelte Dinge, die Lyle nicht verstand.

»Was?« sagte Lyle.

»Der Schreibtisch«, sagte Sherman und blieb stehen. »Hast du Miltons Schreibtisch gesehen?«

»Ja...«

»Und?«

»Was, *und*? Schönes Stück, aber...«

»Ein *neuer* Schreibtisch, Lyle. Und nicht nur das, sondern auch das gleiche Modell wie bei Saasu Kinglet.«

»Worauf willst du hinaus?«

»Finde heraus, an welchen Schreibtischen die anderen gearbeitet haben. Hersteller, Fabrikat, Baujahr.«

»Ach, komm, Sherm, ich bitte dich...«

»Mach es. Und sieh dir die Quittungen an.«

»Okay«, sagte Lyle und stand ächzend auf.

»Lyle?«

»Ja?«

»Wenn du zwischendurch irgendwas ißt, bringe ich dich um.«

## Geleimt

Während Lyle mit todtraurigen Ehefrauen und -männern, Agenten und Buchhaltern telefonierte, um die Schreibtischfabrikate der Verstorbenen herauszufinden, setzte Sherman sich mit dem Labor in Verbindung und hörte sich an, was die Untersuchung von Ann Whitefields obszöner Postwurfsendung ergeben hatte. Als er auflegte, war er um eine verwirrende Information reicher. Verräterische Fasern oder Hautflocken hatte man nicht gefunden und die Fingerabdrücke stammten nur von ihm und Miss Whitefield, aber die Flecken waren nicht das, wofür er sie gehalten hatte, sondern getrockneter Papierleim. Derjenige, der Ann ins Ohr keuchte, war also entweder bekloppt oder impotent oder beides. Sherman hatte im Laufe der Jahre viele Geistesgestörte erlebt, aber noch nie einen, der Papierleim verspritzte.

Er ließ sich mit der Soziologie verbinden.

»Sozio, Heller«, sagte eine Frauenstimme.

»Sherman hier. Doktor Phrast, bitte.«

»Moment.«

Es machte *Klick*, dann folgte Musik. Telefonierte man mit normalen Firmen, hörte man in der Regel schön eingespielte, leise, knisterfreie Mozart- oder Bachversionen. Im alten internen CI-Central-Telefonnetz trieb nach wie vor das Nintendo-Orchester sein digitales Unwesen. Sherman runzelte die Stirn und hörte genau hin. Chopin? Strawinsky? Donkey Kong?

»Phrast.«

»Tag, Theo. Victor Sherman.«

»Victor! Wir haben uns ja ewig nicht…«

»Stimmt. Wie geht's Marie und den Kindern?«

»Gut, danke. Die Kleine hat die Masern…, aber deswegen rufst du wahrscheinlich nicht an.«

»Nein. Ich brauche einen Tip.«

»Um was geht's?«

»Um einen armen Wichser, der mit Papierleim arbeitet.«

»Was?«

Sherman erzählte ihm die Geschichte in groben Zügen.

»Hmmh«, sagte Phrast. »Sehr eigenartig. Tut mir leid, daß ich dich nicht beruhigen kann, aber das Ganze klingt in meinen Ohren ausgesprochen bedenklich; daß der

Bursche kein Sperma produzieren kann, könnte bedeuten, daß er gefährlicher ist als ein normaler Irrer. Ein gewöhnlicher Irrer versucht unter Umständen irgendwann, deine Miss Whitefield zu vergewaltigen. Wir haben hier Unmengen von Statistiken, die belegen, daß die meisten überhaupt nichts tun, aber diejenigen, die es tatsächlich versuchen, geben sich in neunzig Prozent der Fälle nach Vollendung ihres Planes zufrieden. Sie bringen ihre Opfer nicht um. Ein Impotenter hingegen könnte in eine gefährliche Streßsituation geraten.«

»Verstehe. Wir sollten sie also bewachen lassen.«

»Könnt ihr machen. Das Dumme ist nur, daß diese Typen meistens eine Mordsgeduld haben.«

## Schreibtischsitten

Eine halbe Stunde später saßen Sherman und Lyle im Mobil und rasten auf der achtspurigen Ausfallstraße nach Osten. Beide ignorierten die dicht gesteckten Werbe-Flip-Charts, -Kipp-Charts und -Dip-Charts am Straßenrand und die Mobile neugieriger Fahrer, die hier und dort ineinander verkeilt vor sich hinschmorten und den Verkehr auf den Außenbahnen behinderten. Obwohl sich inzwischen auch Steve Rotbench, der zwölfte auf der Bestsellerliste, mit einem mächtigen Knall auf dem Weg zu seinen Ahnen gemacht hatte, war Sherman halbwegs zuversichtlich.

»Wir sind da«, sagte Lyle und deutete nach vorn. Vor ihnen erstreckte sich das Werksgelände von ERGOSYNC INC., des europäischen Schreibtischmarktführers und damit jener Firma, die sämtliche Verstorbenen mit intelligent-integralen-PC-Schreibtischen ausgerüstet hatte.

»Zum Tor sieben«, sagte Sherman. »Wir sind mit einem gewissen...« Er sah auf den kleinen Bildschirm des Bordcomputers, »...Huradin verabredet. Dem Geschäftsführer.«

»Weißt du was, Sherm?«

»Was?«

»Ich glaube, wir sind hier völlig falsch.« Lyle brachte das Mobil vor einem riesigen Tor zum Stehen.

»Verschon mich, Lyle«, sagte Sherman und ließ die Beifahrertür hochgleiten. »Wart's einfach ab.«

Seufzend wälzte Lyle sich aus dem Wagen und folgte seinem Vorgesetzten. Sie betraten einen kühlen Vorraum aus Metall und meldeten sich über die Gegensprechanlage an. Zwei bewaffnete Sicherheitsbeamte holten sie ab und geleiteten sie durch mehrere Sicherheitsschleusen in klimatisierte, mit Teppich ausgelegte Gefilde der ERGOSYNC-Zentrale.

Huradin empfing sie in einem luxuriösen Büro, für dessen Wände einige der letzten Bäume gefallen waren. Die Raumluft war angenehm kühl, aber nicht halb so kühl wie der Empfang.

Huradin war klein, elegant gekleidet und konnte sich offenbar einen guten Haarchirurgen leisten. Sherman hielt ihn sofort für impotent, traute ihm jedoch keine obszönen Anrufe zu. Der Geschäftsführer von ERGOSYNC stand nicht auf. Er warf Sherman und Lyle einen kurzen Blick zu und wies auf die Besuchersessel vor seinem Schreibtisch, dann beschäftigte er sich weiter mit den offenbar wahnsinnig wichtigen Dingen auf seinem Monitor.

»Was kann ich für Sie tun, meine Herren?«

Die Herren setzten sich.

»Sie stellen die Intel-Desks her?«

»Das tun wir, ja.«

»Sie wissen, daß in den vergangenen zwölf Stunden acht Menschen beim Arbeiten an Ihren Tischen gestorben sind?«

Huradin ließ den Monitor Monitor sein. Er sah Sherman an. Nicht entsetzt, sondern gereizt.

»Nein, das wußte ich nicht. Wie ist das passiert?«

»Sie sind explodiert.«

»Unsere Tische explodieren nicht.«

»Offenbar doch, und zwar ziemlich heftig. Jedenfalls war von den Zimmern, in denen die Tische standen, anschließend nicht mehr viel übrig.«

»Woher wissen Sie dann, daß nicht irgendwas anderes explodiert ist?« fragte Huradin und setzte ein dünnes, siegessicheres Grinsen auf.

»Weil wir Schlauköpfe sind«, sagte Sherman und setzte ein breites, siegessicheres Grinsen auf. »Sämtliche Opfer sind übrigens Bestsellerautoren; falls Sie das für Ihre nächste Werbekampagne verwenden möchten...«

Das Grinsen verschwand aus Huradins Gesicht und machte Platz für reichlich feindselige Züge.

»Was soll das, Inspector? Was wollen Sie damit...«

»Gar nichts. Ich möchte nur etwas mehr über diese... Intel-Desks erfahren. Die Dinger werden doch komplett mit integriertem Rechner, Bildschirm und in die Platte eingelassener Tastatur geliefert, oder?«

»Richtig. Inklusive sämtlicher erforderlichen Programme. WordEx, FileEx, ScreenOS, Fuzzy-Sivr.«

»Fuzzywas?«

»Sprecherunabhängige Spracherkennung. Optional. Sie können dem Rechner einfach erzählen, was Sie geschrieben haben möchten. SIVR ist sehr schnell und sehr genau, allerdings nur, wenn Sie langsam und deutlich sprechen. Professionelle arbeiten nach wie vor lieber mit der Tastatur, aber für Gelegenheitsschreiber...«

»Verstanden. Und die komplette Software ist im Preis inbegriffen?«

»Alles, ja. Und Sie können sicher sein, daß die ERGOSYNC-Programme die besten der Welt sind. Bei uns ist nämlich der *User* König, nicht der Programmierer.«

»Gutes Programm«, sagte Sherman und nickte. »Haben Sie vor einigen Wochen – rein zufällig – eine Werbeaktion gestartet?«

Huradin sagte nichts.

»Ich frage nur, weil wir uns die Buchhaltungsunterlagen der armen Opfer angesehen haben.«

»Das ist illegal.«

Sherman schlug sich entsetzt auf den Oberschenkel.

»Nein! Oh, verdammt, verdammt, *verdammt*. Als wir das in der Polizeischule hatten, muß ich *krank* gewesen sein.« Er hielt dem bösen Blick des kleinen Mannes problemlos stand. »Jedenfalls«, sagte er freundlich, »haben wir nirgendwo eine Rechnung von Ihnen gefunden, und ich darf doch wohl davon ausgehen, daß ein Schriftsteller seinen neuen, teuren Schreibtisch von der Steuer absetzen würde, oder?«

»Schon möglich.«

»Schon möglich?«

»*Ja*. Ja, wahrscheinlich... Woher soll ich das wissen? Ich bin kein Steuerberater.«

»Lyle, klär ihn über seine Rechte auf.«

Huradin hob abwehrend die Hände. »Gut. In Ordnung. Was wollen Sie? Wir haben diesen Leuten unsere Tische geschenkt. Sie wissen, wie das läuft ... Die Autoren kriegen teure Tische und lassen an der richtigen Stelle fallen, wie toll es sich damit arbeiten läßt. Das gehört in unserer Branche einfach dazu ...«

»Mag sein. Aber deswegen ist es noch lange nicht legal. Vielleicht kennen Sie den Paragraphen 3006 des Gesetzes gegen unlauteren Wettbewerb ...«

»Ich dachte, an dem Tag waren Sie krank?«

»Nein, das war in der Woche davor.«

»Aha.«

»Gibt es einen Projektleiter?«

»Bitte?«

»Einen Verantwortlichen für die Entwicklung der Tische.«

»Äh ... ja, sicher ...«

»Name?«

»Was wollen Sie denn ...«

»Mit ihm sprechen.«

»Aber ... wozu? Ich dachte, Sie suchen nach Attentätern?«

»Wie heißt der Mann und wo finden wir ihn?«

»Warten Sie ...« Huradin betätigte die Gegensprechanlage. »Eileen?«

»Ja?«

»Bringen Sie Officer Sherman und seinen Assistenten doch bitte zu ... wer war Unit Supervisor bei den IDs?«

»Doktor Snipp, Sir.«

»Gut. Sagen Sie ihm, daß er gleich Besuch von zwei sehr, sehr *wichtigen* Herren bekommt.«

»Ja, Sir.«

»Danke.« Huradin lächelte Sherman mitleidig an. »Dann walten Sie mal Ihres Amtes, Officer.«

»Inspector.« Sherman stand auf.

Huradin blieb sitzen. »Inspector. Darf ich Ihnen noch einen Rat geben?«

»Immer.«

»Werden Sie Schriftsteller. Mit Ihrer Fantasie...«

»Ich überleg's mir. Solange ich nicht an einem von Ihren Tischen arbeiten muß... Schönen Tag noch.«

## Der brave Dr. Snipp

Doktor Timothy Snipp erwartete sie auf dem Flur vor seinem Büro in einem der unteren Stockwerke des ERGOSYNC-Gebäudes. Er war knapp einen Meter sechzig groß, hatte einen exakten, öligen Mittelscheitel und trug unter dem obligatorischen weißen Kittel ein kleinkariertes Hemd mit entsetzlich breitem Kragen.

»Hmmh«, sagte Sherman, während er und Lyle auf den kleinen Mann zugingen, »wir sollten vielleicht mal überprüfen, ob das Modemuseum in letzter Zeit ausgeraubt worden ist.«

»Sieht jedenfalls brandgefährlich aus, der Zwerg.«

»Sah Stalin brandgefährlich aus?«

»Wer?«

»Vergiß es.« Sherman winkte ab und nickte dem kleinen Mann zu. »Doktor Snipp?«

»J-ja?«

»Sherman, CI-Central«, sagte Sherman und drückte

Snipps Hand, die sich anfühlte wie ein nasses Brötchen. »Wir hätten ein paar Fragen.«

»Bitte, kommen Sie rein…«

Sie betraten das kleine Büro, das vor Büchern, Papier und Unordnung förmlich aus den Nähten platzte. Snipp drückte die Tür vorsichtig zu.

»Entschuldigen Sie, daß ich Ihnen keinen Platz anbiete, aber…«

»Wir stehen gern«, sagte Sherman. »Sie waren für die Entwicklung der neuen I-Desks zuständig?«

»Ja.«

»Also sowohl für die Materialauswahl als auch für die Programmierung?«

Snipp nickte.

Sherman sah sich die Regale an. Alte Wörterbücher, Hochliteratur und literaturwissenschaftliche Titel in Mengen.

»Gehört das zu Ihrem Job?«

»Was?«

»All dieses Zeug zu lesen.«

»Äh… ja. Nein.« Snipp rutschte nervös auf seinem Stuhl herum. »Also, die Wörterbücher, ja, aber die anderen, teils. Ich… mag Literatur.«

»Schön für Sie. Erklären Sie mir doch mal, was an der neuen Grammatikkontrolle so toll ist.«

»Oh. An der Grammatikkontrolle eigentlich nichts.« Er verstummte und sah Sherman an. Er blinzelte zweimal.

»Aber?«

»Style-Up… das… ist neu.«

»Und was ist das?« fragte Sherman geduldig.

»Äh… Style-Up. Eine… Stilkontrolle.«

»Klingt nicht besonders aufregend.« Er warf Lyle einen kurzen Blick zu, und Lyle verstand die Aufforderung.

»Kann ja nicht jeder in so 'ner spannenden Branche wie der Müllverwertung arbeiten.«

Es deprimierte Sherman fast, daß Snipp unverzüglich das Maul aufriß und den Haken schluckte.

»O doch!« protestierte der kleine Doktor, »das ist... aufregend. Na ja, wenigstens...« Seine Augen fragten Sherman ungläubig, ob er sich tatsächlich dafür interessiere. Sherman erwiderte wortlos: »Aber klar!« und war plötzlich sicher, daß Snipp keine Freundin hatte, der er von seinem Job erzählen konnte. Wahrscheinlich nicht mal einen Freund.

»Style-Up«, flüsterte Snipp, »ist meine Erfindung... na ja, natürlich hatte ich Mitarbeiter, aber... ich meine, ich will nicht unbescheiden klingen, nicht, daß Sie...«

»Was ist Style-Up?«

»Oh. Ja. Style-Up weist den User, also den, äh, Benutzer auf... stilistische Schwächen hin. Bei manueller Eingabe von Texten. Auf Schwächen, ja. Ich... ich habe Style-Up aus... aus dem hier entwickelt«, er machte eine vage Geste in Richtung der vollen Regale, »aus der großen Literatur, der Welt, der Hoch... Goethe, Heine, Lichtenberg, Thomas Mann... ich meine, sicherlich, es kommt natürlich darauf an, was man beschreibt. Eine Liebesszene erfordert schließlich andere stilistische Mittel als eine, äh, Gewaltszene oder, ja... Sie verstehen, was ich meine?«

Sherman nickte. »Ungefähr. Mit anderen Worten, das Programm ist ein elektronischer Kritiker.«

»Aber nein. Na ja. Ja, doch. Irgendwie. Also, damit nicht so viel... also, damit die Qualität..., ich meine, es wird doch so viel Schlechtes geschrieben, nicht, man versteht doch manches gar nicht ... richtig ... nicht?«

»Da haben Sie recht.« Sherman beugte sich leicht vor und zwinkerte Snipp vertraulich zu. »Wissen Sie, ich lese selbst ziemlich viel ... und wenn ich sehe, was die Leute so *kaufen* – tss.«

»Ja«, flüsterte Snipp nickend zurück, »ganz schrecklich. Deshalb habe ich ja auch Style-Up ...«

Er verstummte und sah Sherman aus plötzlich sehr großen Augen an.

»Was denn?« fragte Sherman sanft.

»Nichts.« Snipp ging spürbar auf Distanz.

»Was wollten Sie sagen?«

»Gar nichts. Ich, äh ... was wollen Sie eigentlich von mir?«

»Ihnen ein paar Fragen stellen. Welches Buch halten Sie für das derzeit schlechteste?«

Snipps Verwirrung nahm zu. »Äh ... oh, also, na ja, da gibt es einige.«

»Nennen Sie mir eins.«

»*Lie ... Liebe im Wind* von Saasu Kinglet ist ziemlich schlimm, doch, also vielleicht nicht das schlechteste, da müßte ich jetzt länger nachdenken, aber ...«

»Haben Sie das hier?«

»Äh ... nein.«

»Lyle?«

»Ja?«

»Ruf die Zentrale und sag Sarah, daß sie ein Exemplar von dem Ding an Miltons Adresse schicken soll. Nicht als CD, sondern gedruckt. Und zwar gleich.«

»Wieso Milton ...?«

»Frag nicht, mach es.« Sherman wandte sich wieder

dem kleinen Doktor zu. »Würden Sie uns begleiten, Doc?«

»Ich... habe eigentlich sehr viel zu tun... heute...«

»Bitte«, sagte Sherman, obwohl es keine war.

## Totenstile

»Sie schon wieder?«

»Nun kriegen Sie mal nicht gleich einen Herzinfarkt vor Freude, Milton. Was dagegen, wenn wir reinkommen?«

»Wozu?«

»Wir möchten mal kurz an Ihren Schreibtisch.« Sherman drehte sich halb um. »Wenn ich vorstellen darf: Doktor Snipp – B. B. Milton. Der Doc ist derjenige, dem Sie Ihren schönen neuen Tisch zu verdanken haben.«

»Oh...«

»Ich hab schon gemütlichere Flure gesehen.«

Milton trat zur Seite und ließ die drei herein. Sherman ging schnurstracks ins Arbeitszimmer des Dichters, wandte sich Snipp zu und wies einladend auf den Stuhl hinter dem Schreibtisch. Snipp tappte unsicher darauf zu und blieb dann unschlüssig stehen.

»Setzen Sie sich«, sagte Sherman freundlich.

Snipp tat es.

»Und schalten Sie das Ding ein.«

Snipp tat es. Sherman stellte sich neben ihn und wandte sich an Milton. »Ist unsere Büchersendung eingetroffen?«

»Äh... ja...« Milton deutete auf das Sofa. Sherman

holte sich das Päckchen, wickelte Saasu Kinglets *Liebe im Wind* aus und legte es aufgeschlagen neben die Tastatur.

»Dann mal los«, sagte er zu Snipp.

»...?«

»Eingeben.«

»Ich?«

»Ja.«

»Äh. Gut.« Snipp betätigte einige Tasten und begann laut und deutlich vorzulesen. *»Die Sonne ging auf am Himmel über Lady Manderly, als sie im Wintergarten ihrer Villa...«*

»Nein«, sagte Sherman, »tippen.«

»*... den Tulpen kostbares Naß...* Wie?«

»Abschreiben.«

»Was? Aber weshalb denn?«

»Tippen Sie's einfach ab. Wie die Profis.«

»Ich...«

»Bitte.«

Seufzend legte Snipp die Hände auf die Tastatur. »Ich... kann nicht besonders gut tippen...«

»Nur die Ruhe. Wir haben Zeit.«

Snipp tippte. Lyles gelangweiltes Magenknurren begleitete das leise Klicken der Tasten. Nach wenigen Sekunden piepte der Computer leise. Sherman hob interessiert die Augenbrauen.

»Die Grammatikkontrolle«, sagte Snipp. »Ich habe mich vertippt. Und jetzt bietet das Programm mir eine Korrektur an.«

»Bestätigen Sie.«

»Gut...«

Snipp tippte weiter. Von Zeit zu Zeit ertönte das Piepen. Lyle sah Sherman fragend und hungrig an. Milton stand in der Zimmerecke und runzelte die Stirn.

»Darf man fragen, was das soll?«

»Darf man. Doktor, würden Sie jetzt bitte ihr Style-Up einschalten?«

»Äh.« Snipp wurde hellrot und betätigte einige Funktionstasen. Er wartete.

»Tippen Sie weiter«, sagte Sherman.

Snipp tat es. Es dauerte keine dreißig Sekunden, bis das Programm sich zu Wort meldete, diesmal mit leisem Summen.

»Style-Up«, erklärte Snipp, »schlägt eine Änderung vor. Ich könnte jetzt auf ›V‹ drücken, dann bekäme ich vom Programm einen Verbesserungsvorschlag für den Satz *Lady Manderlys Gesicht war gezeichnet von Lust*.« Er sah fragend auf.

Sherman schüttelte den Kopf. »Ignorieren Sie den Vorschlag.«

»Ich ...«

»Schreiben Sie einfach weiter.«

»Wie Sie wollen.«

Innerhalb der nächsten drei Minuten summte der Computer sechsmal. Beim siebenten Mal sah Snipp wieder auf. Das Abschreiben schien ihn anzustrengen.

»Genügt das?«

»Nein. Machen Sie weiter.«

»Sherm ...«, sagte Lyle. »Was soll das?«

»Wirst du gleich sehen.«

Snipp tippte weiter. Es summte. Und summte noch einmal. Und noch mal. Und noch mal. Snipp sah Sherman flehend an.

Sherman lächelte. »Nur weiter.«

Snipp tippte. Es summte zum zwölften Mal.

»Genug?« fragte er.

»Ein bißchen noch.«

Snipp legte die Fingerspitzen auf die Tasten. Er zögerte. Er las den Satz, der ihm bevorstand, tippte zwei Buchstaben, hielt inne und ließ die Hände von der Tastatur gleiten. Sein Kopf sackte nach vorn, und urplötzlich sah der kleine Doktor aus wie frisch gekalkt.

»Beim dreizehnten Mal?« fragte Sherman.

»Ich fand die Zahl passend«, sagte Snipp nach einer langen Pause. Seine Stimme schien aus einem sehr ungemütlichen Grab zu kommen.

»Hä?« sagte Lyle und vergaß seinen Hunger. »Was heißt *beim dreizehnten Mal*?«

»Erklären Sie's meinem Kollegen«, sagte Sherman zu Snipp, »mit leerem Magen kann er nicht denken.«

»Dreizehn ... Warnungen. Beim dreizehnten Verbesserungsvorschlag, also beim dreizehnten in Folge ignorierten ... schließt Style-Up einen Kontakt ... sobald der Blockchip, also, da ist ein Bioblocker drin, der nach zwei Wochen, nach der Herstellung, zerfällt, und erst dann ... dann schließt Style-Up einen Kontakt. Zwischen Vorderfront und Tischplatte. Getrennt sind die beiden Materialien harmlos, aber wenn sie verbunden werden ...«

»Macht es Bumm«, sagte Sherman.

Milton japste.

Sherman drehte sich zu ihm um. »Keine Panik, Milton. Ihnen konnte nichts passieren ... Richtig, Doktor?«

»Das ... ja, wohl. Wahrscheinlich hat sich die Stilkontrolle bei ihm gar nicht gemeldet.«

»Doch, zweimal«, flüsterte Milton entsetzt. »Einmal

hab ich sie ignoriert, das andere Mal war der Vorschlag gut.«

»Die Vorschläge sind *immer* gut!« Snipp sah auf. In seinen Augen schimmerte neuer Mut. »Sie müssen das doch verstehen«, sagte er zu Sherman. »Sie lesen doch auch. Haben Sie gesagt.«

»Das stimmt. Aber niemand hat das Recht, Autoren umzubringen, ganz egal, wie lausig sie schreiben.«

»Ich habe niemanden umgebracht! Das waren sie *selbst*! Ihre eigene Ignoranz. Ihre maßlose, äh, *Borniertheit*!« Er stand auf und fuchtelte mit dürren Fingern in der Luft. »Ich bin kein Mörder! Bin ich etwa zu diesen, diesen ... Sprachschändern! ja, hingegangen und habe sie getötet? Für das, was sie der Sprache und dem gesunden Menschenverstand antun? Nein! Ich habe nur ein *Programm* geschrieben. Ja! Und sofort – *Bumm*! Dreizehnmal in Folge! Das müssen Sie sich *klarmachen*! Nicht dreizehnmal pro *Kapitel*! Nein! *Nacheinander*! Jeder, der wenigstens ab und zu von seinem absetzlichen, entscheu ... *Scheißstil*! abgewichen wäre, würde heute noch leben! Aber *nein! Die* wußten es ja besser ...«

»Der spinnt«, sagte Lyle fassungslos.

»Und wie«, nickte Sherman.

»Nein, meine Herren! *Na-ha-hein!*« kreischte Snipp und hielt dabei passenderweise die Zeigefinger ausgestreckt. »Mein Programm hat die Menschheit von einigen schlimmen *Schmierern* befreit! Mein Programm ist gut! Mein Programm ist *Gotteswerk*! ...«

»Wissen Sie«, sagte Sherman und zog einen Computerausdruck aus der Innentasche seines Mantels, »wenn Sie nur halb so viel von Menschen verstünden wie von Programmen und Sprengstoff, müßten Sie jetzt nicht in den Knast. Sehen Sie sich das mal an.« Er drückte Snipp den Bogen in die Hand.

Der Doktor las ihn, ließ ihn sinken und sah auf. In seinem Gesicht stand kein Muskel mehr auf dem anderen. Der Ausdruck flatterte aus seiner kraftlosen Hand zu Boden.

»Gehen wir?« fragte Sherman.

Snipp nickte mit letzter Kraft.

Und während Lyle ihm die Handgelenke mit Plastikschellen verknotete, ging Milton in die Mitte des Raumes und hob den Bogen auf, den Snipp hatte fallen lassen. Er überflog ihn. Auf den ersten dreißig Plätzen der neuen Bestsellerliste standen ausschließlich Bücher der Ermordeten. Und während Sherman und Lyle den zusammengesackten Doktor aus dem Raum schoben, mußte Milton auf seinem Schreibtischstuhl Platz nehmen, weil er sich andernfalls auf der Stelle totgelacht hätte.

## Wer will das alles wissen?

Sherman schob drei Viertel seines Abendessens über den Tellerrand in den Müllvernichter und stellte den Teller in den Geschirrspülschacht. Er öffnete eine Bierflasche, setzte sich aufs Bett und überprüfte die Personal-Choice-Aufzeichnungsanzeige des Videorecorders. Null. Er hatte nichts verpaßt. Kein einziger Kanal hatte einen alten Capra-Film wiederholt. Er streifte die Bücher auf dem Nachttisch mit einem kurzen Blick, dann wandte er sich der Multimediawand zu und schnippte. Auf der Wand erschienen bullige Footballer. Sherman sagte laut »Zwölf«, und die Footballer verschwanden. Ein Moderatorenkopf sah Sherman an, als habe er etwas Wichtiges zu sagen.

»Die gräßliche Mordserie, der innerhalb eines Tages die beliebtesten europäischen Schriftsteller zum Opfer fielen, ist aufgeklärt. Inspector Victor Sherman, in letzter Zeit verschiedentlich hart kritisiert, wurde seinem Ruf als *Supercop* gerecht und klärte den mysteriösen Fall in kürzester Zeit auf.« Sherman sah sich selbst im Gespräch mit einem anderen Reporter. »Geisteskranke sind oft raffiniert«, hörte er sich sagen, »und Snipp hatte außerdem Glück, daß seine bedauernswerten Opfer gerade einen kollektiven Schreibanfall hatten. Er wußte offenbar, daß ... gewisse Autoren ein knappes dreiviertel Jahr vor Messebeginn mit dem Schreiben ihrer neuen Romane beginnen.«

Ein Schnitt, und schon hing der sprechende Kopf wieder allein vor der Kamera. Hinter ihm wurde eine Schlagzeile eingeblendet, und der Moderator bemühte sich vergeblich, angewidert vom Prompter abzulesen.

»Der bekannte Kulturkritiker Marcus Raffnarack gab in seiner soeben erschienenen Kolumne im NEW HESPERIDA HERALD seinem Bedauern über das schnelle Ende der Mordserie Ausdruck und bat Doktor Timothy Snipp, möglichst bald auszubrechen und – ich zitiere – ›seine Arbeit zu beenden, da Sheila Gigg und Noah Shaymen noch immer unversehrt herumlaufen.‹ Obwohl bisher weder Gigg noch Shaymen eine Presseerklärung abgegeben haben, rechnen Fachleute mit einer Strafanzeige gegen Raffnarack. Kulturpolitiker aller Parteien äußerten sich bereits vor Erscheinen des Artikels empört über die Entgleisungen des Kritikers ...«

Sherman hörte Miss Whitefields vorsichtiges Klopfen und stand auf. Er sagte »leiser« und öffnete die Tür.

»Hallo«, sagte sie und lächelte unsicher.

»Kommen Sie rein.«

»Ich will Sie nicht stören.«

»Das tun Sie nicht.« Er schloß die Tür hinter ihr. »Möchten Sie was trinken? Kaffee? Tee? Bier?«

»Ein Bier. Gern.«

Sherman ging in die Küchenecke, öffnete eine Bierflasche, zog ein sauberes Glas aus dem Spülfach und kehrte ins Wohnzimmer zurück. Er wies auf das Sofa, stellte Flasche und Glas auf den Tisch und setzte sich Ann Whitefield gegenüber auf den Sessel.

»Ich ... hab Sie vorhin in den Nachrichten gesehen«, sagte sie. »Wie ... haben Sie das so schnell ...?«

»Reines Glück«, sagte Sherman. »Und ein bißchen Intuition.«

»Sie sind richtig berühmt, oder?«

»Nein.«

»Der *Supercop*?«

Er winkte müde ab. »Eine der reizenden Erfindungen der Jungs vom NEWS-NET. Wenn man jemanden abschießen will, muß man ihn erst mal in den Himmel loben. Sonst macht es keinen Spaß.«

»Sie mögen das NEWS-NET nicht.«

»Nein.«

»Aber Nachrichten sind doch wichtig.«

»Für das NEWS-NET, ja.«

»Für Sie nicht?«

»Für Sie?«

»Ich weiß nicht.« Sie zuckte die Achseln. »Ja.«

»Was ändert sich für Sie, wenn Sie erfahren, daß an der

Mittelmeerfront ein paar tausend Schwarze erschossen werden? Oder wenn man Ihnen erzählt, daß ein kleiner Angestellter seine Frau erwürgt hat, weil er ihren Mundgeruch nicht ertragen konnte? Oder, daß es auf dem Jupiter ein Grad kälter ist als bisher angenommen?«

Sie senkte schweigend den Kopf und nahm die Bierflasche in beide Hände. Das Glas ließ sie stehen.

»Aber es ist doch wichtig«, sagte sie, »vom Reißer zu hören.«

»Joggen Sie?«

»Nein.«

»Dann ist es nicht wichtig.«

Sie legte den Kopf schräg und sah ihn amüsiert an. »Darf ich Sie was fragen?«

»Klar.«

»Weshalb sind Sie Polizist?«

»Ich hab nichts anderes gelernt.« Sherman erwiderte ihren Blick und fühlte sich plötzlich nicht mehr wohl in seiner Haut. Oder zu wohl. Jedenfalls nicht so, wie er sich sonst in seiner Haut fühlte. Er trank einen Schluck Bier und räusperte sich. »Wir haben die Unterhose untersuchen lassen.«

»Oh«, sagte Ann. »Ja... Ach ja. Und?«

»Die Flecken an der Innenseite sind nicht das, was ich dachte, sondern getrockneter Papierleim.«

»Wie bitte?«

»Kleister.«

»Dann hat er nicht...?«

»Offenbar nicht.«

Sie schien sofort zu begreifen, daß das nichts Gutes bedeuten konnte, denn sie verschränkte die Arme vor der Brust, als habe jemand das Fenster aufgestoßen.

»Sie bekommen ab morgen einen Aufpasser«, sagte Sherman.

Sie nickte, ohne ihn anzusehen.

»Er wird Ihnen folgen, wenn Sie das Haus verlassen. Außerdem wird er einige Wanzen in Ihrem Apartment anbringen. Trotzdem sollten Sie die Tür nur öffnen, wenn jemand davorsteht, den Sie gut kennen. Wirklich gut. Miss Whitefield?«

»Ja?«

»Wir passen schon auf Sie auf.«

»Sie sind sehr nett.«

»Ich suche einen guten Mann für Sie aus.«

Sie sah auf. »Einen, der so gut ist wie Sie?«

»Annähernd«, sagte er lächelnd, und in genau diesem Augenblick fiepte sein Schultercom los. Er entschuldigte sich mit einer kurzen Geste und meldete sich.

»Sherman.«

»Lyle hier.«

»Sag bloß nicht, daß du noch arbeitest.«

»Ich bin auf dem Rückweg von diesem bescheuerten Studio und will nur noch ins Bett. Hast du zwei Minuten Zeit?«

Sherman sah seine Besucherin an. Sie stand auf.

»Warte mal 'ne Sekunde.« Er schaltete das Gerät stumm und begleitete sie zur Tür. Er suchte nach aufmunternden Worten, aber sie war schneller.

»Sie sind ein netter Mann, Inspector Sherman.«

»Sagen Sie das nicht weiter, Miss Whitefield.«

Sie ließ ihn ein belustiges »Hn« hören, biß sich auf die Unterlippe und sah kurz zu Boden. Als ihr Blick zu ihm zurückkehrte, glänzten ihre Augen. Zum ungefähr vierten Mal hätte Sherman sich eingestehen müssen, daß er sie ausgesprochen interessant fand. Daß er es nicht tat, hatte mit persönlichen Prinzipien zu tun, denen vorübergehende Stimmungen weniger anhaben konnten als ein Hund Laternenpfählen.

»Der Supercop hat zu tun«, sagte Ann, wandte sich lächelnd ab und ging.

Sherman sah ihr nach. Sie drehte sich nicht um. Erst als die Tür hinter ihr ins Schloß gefallen war, kehrte er zu seinem Schultercom zurück.

»Okay, Lyle«, sagte er. »Schieß los.«

»Mmmfment.«

»Was gibt's denn heute abend Schönes?«

»Gfnss.«

»Gfnss. Muß ich unbedingt mal probieren.«

»Tschuldige. Giros-Burger. Echt lecker. Neuer Laden an der Onassis...«

»Was hast du rausgekriegt?«

»Ich hab mit Miss Hagen gesprochen. Van Damme sollte ihr wohl besser keinen Heiratsantrag machen... Er und Promp haben ungefähr zur gleichen Zeit angefangen und waren mal so was wie Freunde.«

»Vorher.«

»Ja. Als die beiden beim Fernsehen eingestiegen sind, waren sie nur noch Konkurrenten. Die Hagen hat mir erzählt, daß diese Attacken nicht nur öffentlich stattgefunden haben, sondern auch privat. Van Damme scheint Promp sogar häufiger zu Hause angerufen und wüst beschimpft zu haben. Der Mann ist übrigens Alkoholiker, falls uns das interessiert. Ich hab mir seine Daten von der Krankenversicherung rüberjagen lassen: Der war öfter zur Entziehungskur als ich auf dem Klo...«

»Woher weiß Miss Hagen von den privaten Anrufen?«

Lyle seufzte. »Irgendwie macht es keinen Spaß, mit dir zu arbeiten, weißt du das?«

»Also hatte sie was mit Promp.«

»Klar. Sagen jedenfalls einige Leute. Ich hab mit Louella Lang vom NEWS-NET geredet, und die sagt, Promp und die Hagen seien einfach irre diskret gewesen. Das heißt, man munkelt, die beiden hätten seit zehn Jahren ein Verhältnis gehabt.«

»Das erklärt das Testament. Aber Miss Hagen gibt natürlich nicht zu, daß sie was mit Promp hatte, sondern behauptet, Promp habe sie bloß sehr gemocht und ihr deswegen alles hinterlassen – er hatte ja offenbar weder Verwandte noch Freunde. Soweit richtig?«

»Sagenhaft. Hab meinen Hut schon gezogen.«

»Du hast keinen Hut.«

»Aber 'ne Mütze.«

»Wahnsinnig interessant. Erzähl mir gelegentlich die ganze Geschichte. Aber vorher findest du heraus, ob mit dem Verhältnis, von dem keiner was weiß, irgendwas nicht mehr stimmte.«

»Kann ich versuchen. Aber nicht mehr heute abend ... Moment mal ... Ach du Scheiße.«

»Was ist?«

»Schmeiß mal deinen Schirm an. Kanal 11.«

Sherman sah auf seinen Bildschirm, sagte: »Hab ich schon. Lauter« und runzelte erstaunt die Stirn. Der Moderatorenkopf auf dem Schirm wirkte besorgt. Aufrichtig besorgt. Emotional beteiligt. Fast wie der Kopf eines richtigen Menschen.

Hinter dem Kopf blinkte die Fassade des Parlamentsgebäudes im Dunkel.

»... waren die Europa-Parlamentarier gerade im Begriff, ihre ungewöhnlich lange Sitzung zu beenden, als drei maskierte Männer in den Plenarsaal eindrangen und vier der fünf anwesenden Sicherheitsbeamten kaltblütig erschossen. Seit zwanzig Uhr befinden sich Europas Spitzenpolitiker, unter ihnen Präsident Himmer und Oppositionsführer Trottenolm, in der Gewalt von skrupellosen Verbrechern.« Er drückte sich den Knopf tiefer ins Ohr und sagte: »Ich höre gerade, daß wir den Kommandanten der Sonderschutzstaffel haben. Perry White, bitte.«

»Danke, Clark«, sagte White und wandte sich einem Uniformierten zu. »Oberst Neck, wie ist die Situation?«

Lyle pfiff Sherman ins Ohr. »Der sah aber auch schon mal besser aus.«

»Psst«, sagte Sherman.

Mit militärisch ernstem Gesicht erklärte Neck dem Reporter, derzeit bestehe keine Möglichkeit einzugreifen, da die Geiselgangster nach bisherigem Erkenntnisstand Wasserstoffminen am Körper trügen und daher, wenn man sie erschoß und sie hinfielen, das gesamte Regierungsviertel explodieren werde. Man wolle zunächst mit ihnen verhandeln und dann weitersehen.

Der Reporter dankte ihm und gab zurück ins Studio, wo ein dramatisch in die Kamera starrender Moderator vor einer dramatisch gestalteten Titeltafel hockte und erklärte, wie dramatisch die Situation sei. Ein eilig zusammengeschnittenes Virtuality-Video des Tathergangs wurde eingespielt.

Sherman sagte »Leiser«.

Lyle schnalzte. »Da hat unser alter Freund Neck aber gut zu tun«, sagte er.

»Er wird's schon hinkriegen.«

»Mal sehen, wie viele seiner Leute diesmal draufgehen.«

»Das ist nicht unser Problem, Lyle.«

»Gott sei Dank.«

»Wir sehen uns morgen mittag.«

»Hab ich morgens frei?«

»Nein. Morgens kriegst du raus, was mit Promp und der Hagen los war. Mach dich mal in der Szene schlau, ob die beiden Probleme hatten.«

»Gut«, seufzte Lyle.

»Und iß nicht mehr so viel. Volle Bäuche machen schlechte Träume.«

»So, wie meine Tage aussehen, hab ich vor Alpträumen keine Angst.«

»Dann guten Appetit.«

»Hab ich.«

Sherman klappte das Schultercom zu, legte es weg und stellte den Fernsehton lauter. Inzwischen war wieder der Reporter vor dem Parlamentsgebäude im Bild. Er klammerte sich konzentriert an seinen Ohrstöpsel.

»Wie wir gerade erfahren, haben die Geiselnehmer ihre Forderungen durchgegeben ... Ja. Für die Freilassung der dreißig Geiseln fordern sie ... eine Milliarde Ecu in Goldbarren, freien Abzug und einen Überschall-Senkrechtstarter.« Er sah auf. »Wir dürfen gespannt sein, ob diese Forderungen erfüllt werden. Bürgermeister Geyser ist gerade vor die Presse getreten. Bleiben Sie dran.«

Ein Signet segelte durchs Bild, dann ertönte markige Musik und ein GM-Solar-Powermobil kurvte über sonnige Serpentinen. »Manche Männer nehmen sich, was sie wollen!« raunte ein unsichtbarer Werbesprecher, und Sherman sagte »Stumm«.

Er stand auf, ging in die Küche, drückte eine weitere Flasche Bier auf und setzte sich wieder vor den Bildschirm. Inzwischen lief ein aufwendig produzierter Spot für ein neues Geschirrspülsystem, das angeblich in jedes Handschuhfach paßte. Sherman fragte sich, ob das ein Verkaufsargument sein sollte. Nach der Werbeunterbrechung folgte das Interview mit dem Bürgermeister. Anschließend folgten Statements von Politikern und Pseudofachleuten, die schneller als ihre Kollegen aus dem Bett gesprungen waren und eine Kamera entdeckt hatten. Einige wiederholten mit besorgter Miene und ausgestrecktem Zeigefinger, was sowieso schon alle wußten, andere brachten ihre Erschütterung und Betroffenheit zum Ausdruck, wieder andere forderten bessere Sicherheitsvorkehrungen, härtere Strafen, größere Gefängnisse, die Todesstrafe, rigorosere Asylgesetze und mehr Spielplätze. Nach fünf Minuten dachte Sherman an das, was er Miss Whitefield zum Thema »Nachrichten« erzählt hatte, schaltete um und ließ lethargisch mehrere Minuten einer Sitcom über sich ergehen; er begriff immerhin, daß die schwarze, zottige, zotige Hauptwitzfigur *Doxy* hieß, vom Planeten Macksehl E 405 stammte und dort als Gynäkologe gearbeitet hatte. Die Lachkonserven bogen sich vor Freude. Sherman schaltete den Schirm ab.

Er ging duschen und anschließend ohne weitere Umwege ins Bett. Er griff nach einem der Bücher auf dem Nachttisch und erwischte Tolstoi. Kurz vor dem Einschlafen fragte er sich noch, welchen Unterschied es eigentlich machte, ob man sich zwanzig *Doxy*-Folgen ansah oder über eine Strecke von tausend Seiten einer so unwahrscheinlich saublöden Person wie Anna Karenina hinterhergähnte, dann verschwammen die Zeilen vor seinen Augen, kraulten ins Dunkel und lösten sich sanft in wirre Träume auf.

## Taktische Fragen

Der Promp-Fall schien plötzlich niemanden mehr zu interessieren; weder die Journalisten – denn jeder, der leidlich sprechen oder schreiben konnte, sprach oder schrieb über die Geiselnahme im Parlament – noch die Beamten in der Zentrale, die wie paralysiert die Live-Übertragung des News-Net verfolgten. Im Laufe der Nacht hatte sich herausgestellt, daß die drei Geiselgangster zu den acht Sicherheitsleuten gehört hatten, die zum Ende der Debatte noch im Saal gewesen waren. Damit war wenigstens die Frage beantwortet, wie es ihnen gelungen war, an den schwerbewaffneten Hundertschaften vorbeizukommen, die vor jeder Sitzung vor dem Parlament aufzogen, um Attentäter oder Geiselgangster am Eindringen zu hindern. Zum Leidwesen der Berichterstatter hatten die drei Verbrecher augenscheinlich keine politischen Motive, sondern waren bloß geldgierige, kaltblütige, intelligente Kriminelle. Wie üblich versuchten die offiziellen Stellen, die Übergabe des Lösegeldes zu verzögern, um die Entführer mürbe zu machen und Zeit für einen Angriffsplan zu gewinnen. Die Entführer zeigten sich nicht sonderlich beeindruckt: Um halb zehn drohten sie mit der Erschießung des Oppositionsführers, wenn ihre Bedingungen nicht binnen einer Dreiviertelstunde erfüllt seien. Nach eingehender Beratung mit diversen Psychologen von tadellosem Ruf entschloß sich Oberst Neck, die Hinhaltetaktik fortzusetzen, und um sechzehn Minuten nach zehn erschossen die Geiselgangster den Oppositionsführer.

Ein Reporterkopf kam ins Bild und sagte: »Wir stehen *erschüttert* vor dem Parlament. Weitere *Berichte* von dieser *Tragödie* sehen Sie *nach* einer kurzen Unterbrechung.«

Während ein fröhlicher Jingle ertönte und das Werbesignet des Senders ins Bild flatterte, betrat Lyle das vollbesetzte Vorzimmer.

»Was passiert?« fragte er in die schockierte Stille.

»Sie haben Trottenolm erschossen«, sagte Sherman.

»Echt?«

»Ja.«

»Zeigen die das noch mal?«

»Nein. Die Jungs haben das Kamerasystem im Parlament lahmgelegt.«

»Schlecht fürs News-Net.«

»Sie haben sich schon mehrfach entschuldigt. Offenbar rufen Hunderte von Zuschauern an und beschweren sich.«

»Klar. Ist ja auch ne Sauerei. Keine Bilder. Wie in der Steinzeit.«

Sherman stand auf. »Hast du was rausgefunden?«

»Ich hab uns einen Termin mit Leo B. Smegma besorgt.«

»Wer ist das?«

»Smegma gehören sechs Pay-TV-Sender und vierzig Prozent des News-Net. Man könnte also sagen, daß er einen gewissen Einfluß hat. Außerdem hat er 'ne Menge Geld. Und er wollte Promps Show kaufen.«

Sherman zog die Augenbrauen hoch.

»Wann sind wir verabredet?«

»Um elf. Aber wenn's dir nichts ausmacht...«

»Ja?«

»Mir wär's lieb, wenn wir gleich losfahren könnten. Ich hab nämlich noch nicht gefrühstückt...«

Sarah kam auf Sherman zu und sagte sehr leise: »Inspector?«

Er drehte sich um. »Ja?«

»Der... Reißer...«

»Schon wieder?«

Sie nickte. »Und wieder im Park. Offenbar gestern abend. Man hat den Toten gerade gefunden.«

Für mehrere Sekunden schwieg Sherman. »Gut«, sagte er dann. »Damit wissen wir immerhin, daß er sich nicht für Politik interessiert. Lassen Sie die Leiche ins Labor schaffen. Und sagen Sie Torberg, De Luca, Schneider und Drummond, daß ich sie heute nachmittag um drei im KI erwarte. Mit möglichst guten Ideen. Wir fahren jetzt zu Smegma. Spätestens um zwei sind wir wieder hier.«

»Nach der Mittagspause«, sagte Lyle.

»Vor der Mittagspause«, sagte Sherman und ging voraus.

## Wuhaha?

Das einzig halbwegs Natürliche im Vorzimmer der AQUARIUS Film- und Videomarketing-AG war eine dicke grüne Fliege, die völlig verwirrt ein ums andere Mal gegen die große Panoramascheibe an der Außenwand des Zimmers knallte. Alles andere war künstlich: die Palmen, die Sofas, die Teppiche, die Tapeten und das Lächeln von Smegmas Sekretärin, die die beiden Polizisten bat, sich etwas zu gedulden.

Sie hatten sich gerade hingesetzt, als die Tür zu Smegmas Büro aufflog und eine junge Frau herausstürmte. Sie war platinblond, hatte einen großen, rot geschminkten Mund, lange Beine, einen hübschen Hintern und atemberaubend große Brüste, die sich in zwanzig Jahren Gott-weiß-wo herumtreiben würden. Ob das, was sie am Leib trug, ein sehr enges Kostüm war oder bloß rote Farbe, konnte Sherman nicht erkennen, denn das Bilderbuch-Starlet stampfte grußlos an ihm, Lyle und der verdutzten Sekretärin vorbei, riß wutschnaubend die Tür zum Flur auf und verschwand so schnell, wie es gekommen war.

Die Sekretärin sagte »Äh« und warf einen Blick ins Zimmer ihres Chefs. Sherman und Lyle machten mit.

Smegma, ein kleiner runder Mann mit Halbglatze, stand zusammengekrümmt vor seinem Schreibtisch, stützte sich mit einer Hand auf der Platte ab und zog mit der anderen seinen Hosenschlitz zu. Sherman stand auf.

»Wir gehen dann mal rein«, lächelte er der Sekretärin zu.

»J-ja ...«

»Leo D. Smegma?« Smegma sah japsend auf.

»Hä? Ja. Und wer – pfff – sind Sie?«

»Sherman, CI-Central. Wir waren verabredet.« Er deutete auf Lyle. »Mein Partner. Officer Lyle.«

»Tag«, knurrte Smegma und machte sich gerade. Er verzog das Gesicht. »Setzten Sie sich. Gwen!?«

»Ja, Sir?«

»Bringen Sie mir einen Whisky ... Möchten Sie auch was?«

»Einen Kaffee«, sagte Sherman.

»Haben Sie Kekse?« fragte Lyle.

»Und 'ne Kanne Kaffee und Kekse«, brüllte Smegma ins Vorzimmer, dann schloß er die Tür. Mit schmerzverzerrtem Gesicht watschelte er hinter seinen Schreibtisch und ließ sich in einen bequemen Sessel fallen. Sitzend wirkte er wesentlich größer als seine Besucher.

»Weiber«, knurrte Smegma.

»Sind auch nicht mehr das, was sie mal waren«, nickte Sherman, um etwaiges Eis sofort in handliche Würfel zu brechen.

»Kann man wohl sagen. Kleine Schlampe. Mann!« Smegma schüttelte fassungslos den Kopf. »Will 'ne Sprechrolle in der neuen Bibel-Serie, und dann kriegt sie das Maul nicht auf. Tss! Nicht zu fassen. Was glaubt die denn, wo sie hier ist? Früher sind sonne Schnecken wie die sofort vor mir auf die Knie gegangen. Aber nicht zum Beten. Wuhaha!«

Er schlug mit der flachen Hand auf den Schreibtisch, sah seine Gäste beifallheischend an und untermauerte damit quasi im Handumdrehen die These, daß viertausend Jahre Kulturgeschichte nicht zwangsläufig Auswirkungen auf das menschliche Gehirn haben müssen. Sherman tat ihm den Gefallen, breit zu grinsen.

»Die Zeiten ändern sich«, sagte er.

»So ist das wohl. Egal, soll die Schnalle halt wieder in ihr Kuhdorf zurückgehen und dem Tankwart einen blasen. Trotzdem schade. Naa-ja. Was kann ich für Sie tun, meine Herren?«

»Wir hätten ein paar Fragen zum Fall Rudy Promp.«

»Rudy. Tja. Arme Sau.«

Die künstliche Sekretärin brachte Whisky, Kaffee und

Kekse. Lyle griff sofort zu, Smegma fuhr ungerührt fort. »Kopf oder Zahl war 'ne Spitzenshow. Wirklich su-per. Aber bei CHANNEL 7 haben sie zu wenig draus gemacht. Da hätte man doch Begleitserien drehen können. Unglückliche Verlierer – glückliche Gewinner. Wollen die Leute doch sehen, so was. Tausendmal hab ich versucht, diese blöde Gans zu überreden...«

»Welche blöde Gans?«

»Veronica. Hagen. Kennen Sie die?«

Sherman nickte.

»Absolute Pißnelke. Aber Rudy hatte irgendwas an ihr gefressen.«

»Die beiden waren befreundet?«

»Klar. Er hat alles gemacht, was die gesagt hat. Geschäftlich. Ich bin überhaupt nicht an ihn rangekommen. Jahrelang hat er mich immer an diese verklemmte Schnalle verwiesen. Und kaum hab ich ihn an der Angel, gibt der Idiot den Löffel ab. Na ja, egal. Tel Aviv, wie die Froschfresser sagen. Wuhaha!«

»Was heißt das? Sie hatten ihn an der Angel?«

Smegma hörte auf zu lachen und sah ihn überrascht an. »Hab ich das nicht schon Ihrem Kollegen erzählt?«

Lyle schüttelte halbherzig den Kopf und schleuderte Sherman einige Kekskrümel auf den Schoß.

»Ich wollte Kopf oder Zahl kaufen«, sagte Smegma. »Der Vertrag war schon vorbereitet und mit Rudy besprochen. Sieben Jahre. Exklusiv. Bei AQUARIUS. Sender hatte ich auch schon, für die Show und den Schnickschnack drumrum.«

»Hat Miss Hagen mit Ihnen verhandelt?«

»Nein. Rudy.«

Sherman zog fragend die Augenbrauen hoch.

»Er hat mich angerufen«, sagte Smegma. »Muß so drei Monate her sein. Ich wär fast vom Stuhl gefallen, als er mich gefragt hat, aber mir war's natürlich recht.«

»Also hat Promp den Vertrag ohne seine Managerin gemacht.«

»Ja.«

»Konnte er das? Ich dachte, die beiden hätten die Idee für die Show gemeinsam entwickelt?«

»Nicht daß ich wüßte. Rudy hatte jedenfalls alle Rechte.«

»Kein besonders netter Zug von ihm, oder?«

»Was? Die Show zu verkaufen?«

»Ja. Ich nehme an, daß Sie Miss Hagen nicht weiterbeschäftigt hätten.«

»Worauf Sie einen lassen können. Können Sie aber auch lassen. Wuhaha...«

Sherman stand auf. Er brachte ein Lächeln zustande. »Vielen Dank. Sie haben uns sehr geholfen.«

»Äh. Was? Keine Fragen mehr?«

»Keine. Jedenfalls nicht im Moment. Könnten Sie mir eine Kopie des Vertrages zukommen lassen? Wir behandeln die ganze Geschichte natürlich vertraulich...«

»Kein Problem. Können Sie gleich mitnehmen.«

Lyle stand auf. Smegma erhob sich ebenfalls und begleitete die beiden ins Vorzimmer.

»Gwen, Schätzchen, der Inspector braucht eine Kopie des Promp-Vertrages.«

»Ja, Sir«, sagte die Sekretärin und gab die Bitte an den Computer weiter.

Smegma näherte sich Sherman auf Armeslänge. »Sagen Sie mal... hat die Pißnelke Rudy umgebracht?«

Sherman spürte die Ohren der Sekretärin direkt vor

seiner Oberlippe. Er zuckte die Achseln. »Nichts ist unmöglich.«

Smegma nickte unzufrieden. Dann hellte sich seine Miene auf. »Doch«, sagte er, »verklemmte Starlets. Wuhaha...«

Sherman riß der Sekretärin die CD-I mit der Kopie des Vertrages förmlich aus der Hand. Er nickte kurz zum Abschied, murmelte »Danke«, ging schnurstracks auf die Tür zu und flüchtete aus dem Büro. Lyle holte ihn erst vor dem Fahrstuhl wieder ein.

»He, Sherm... Warte doch... Was ist denn...?«

»Entschuldige.« Sherman starrte auf die Stockwerksanzeige des Fahrstuhls. »Aber beim nächsten *Wuhaha* hätte ich ihm die Nüsse bis unter den Kehlkopf getreten.«

»Und warum gehst du dann weg? Mach's doch.«

»Nein.«

»Warum nicht? Das wär doch glatte Notwehr, jedenfalls mit mir als Zeugen...«

»Weißt du, was Palmer dann schreiben würde?«

»Was?«

*»Supercop geht Prominenz auf die Eier.«* Die Fahrstuhltüren glitten auf. »Und das«, sagte Sherman, »gönne ich ihm einfach nicht.«

## Lockvögelchen Lyle

»Verdammte Scheiße, nee!« protestierte Lyle, als der Zufallsgenerator ausgerechnet seinen Namen ausspuckte und Torberg, De Luca, Schneider, Drummond und Sherman ihn gleichzeitig schadenfroh angrinsten.

De Luca drückte seine Zigarette aus. »Jogginganzug steht dir bestimmt, Dicky.«

»Aber nichts mit Querstreifen«, prustete Schneider.

»Querstreifen machen nämlich dick«, sagte Drummond.

»*Macht nichts*«, imitierte Torberg Lyles mürrischen Tonfall, *»ich eß ja keine Querstreifen.«*

Sherman hob tadelnd den Zeigefinger. »Na, na, Torberg, hast du wieder im Völkerkundemuseum Witze abgeschrieben?«

»Nee, den hab ich aus *Tausend tolle Ägypterwitze*.«

»Tss«, sagte De Luca kopfschüttelnd, »wer hätte gedacht, daß die Ägypter Jogginganzüge mit Streifen hatten...«

»Aus Zebrafell«, erklärte Drummond.

»Ich denke, die hatten nur diese Dings...«

»Kamele, De Luca.«

»Wüstenschiffe, ja.« Torberg nickte eifrig. »Aber nicht aus diesem Grund bezeichnete man die Ägypter überall als die wüsten Schiffer...«

»He, Lyle, guck nicht so.«

»Ich mach das nicht«, sagte Lyle.

Die Männer hörten auf zu lachen und sahen Lyle verdutzt an.

»Was heißt, du machst das nicht?« fragte Sherman. »Wir haben gelost, und du bist gezogen worden.«

»Ich kann das nicht, Sherm.«

»Was kannst du nicht? *Joggen*?«

»Ich bin zu... füllig.«

»Das ist die beschissenste Ausrede...«

»Das ist keine Ausrede, echt nicht... nee, ehrlich, Jungs. Also, ich meine... der Kerl frißt junge, drahtige

Athleten«, winselte Lyle. »Nicht? Jungs? Oder? Tut er doch? Und ich bin absolut nicht jung. Und nicht drahtig. Gar nicht.«

»Das letzte Opfer hatte zwanzig Pfund Übergewicht und eine Glatze.«

»War aber jung.«

»Vierunddreißig.«

»Siehst du.«

»Du bist sechsunddreißig.«

»Sechsunddreißigeinhalb.«

»Und wie viele Tage?« fragte De Luca.

»Schluß jetzt«, sagte Sherman. »Du spielst den Lockvogel, und damit basta. Das ist kein Befehl, Lyle, sondern das Ergebnis einer fairen Auslosung, aber wenn du weiterjammerst, *wird* es ein Befehl.«

Lyle nickte ein bißchen vor sich hin. Dann sah er verletzt auf und sagte: »Gut.« Pause. »Wenn ihr es so haben wollt.« Pause. »Dann.« Pause. »Gut.« Pause. »Darf ich vorher noch meinen Notar anrufen?«

»Deinen *Notar*?«

»Ich laß euch enterben.«

»Du kannst vorher sogar noch was essen«, sagte Sherman, als das Lachen der anderen wieder auf Zimmerlautstärke zurückgegangen war. »Besorg dir einen Jogginganzug. Einen, der nach was aussieht, keinen von den Müllsäcken aus der Kleiderkammer. Du gehst um Punkt halb zehn durch den Westeingang in den Park und läufst von dort aus in Richtung Süden. An der Pagode vorbei und dann über den gelben Trimmpfad. Du wirst uns nicht sehen, aber wir werden da sein und deinen Bauch nicht aus den Augen lassen.«

Lyle saß einen Augenblick mit gerunzelter Stirn da.

»He«, sagte er dann. »Moment mal! Der gelbe Pfad ist der kleinste, dunkelste, fieseste, waldigste Pfad im ganzen Park.«

»Eben«, sagte Sherman.

# Prioritäten

Nachdem Lyle gegangen war, um sich einen passenden Jogginganzug zu besorgen, erläuterte Sherman den Einsatzplan für den Abend und wies Drummond, De Luca, Schneider und Torberg an, ihre Männer wie besprochen zu postieren und ihnen einzuschärfen, daß sie, je nach Einsatzort, wie echte Penner, Liebespaare oder Büsche auszusehen hatten. Anschließend verbrachte er eine knappe Stunde mit verschiedenen Telefonaten. Er rief einige berüchtigte Klatschmäuler an und ließ sich die allerletzten Gerüchte über Promp und seine privaten Beziehungen ins Ohr raunen. Als er die letzte Informantin abgehängt hatte, leuchteten auf seinem Bildschirm der Name »Doro(thy)? Gale«, dahinter »Cutterin?«, »X-TV« und »???«.

Er sah auf die Uhr, schaltete alles ab, durchquerte das Vorzimmer, in dem inzwischen die Männer und Frauen von der Nachtschicht vor der Multimediawand hockten und die Berichte des NEWS-NET über das Geiseldrama verfolgten, ließ sich vom Fahrstuhl zur U-Bahn-Station unter dem Haus tragen und fuhr nach Hause, um sich für den nächtlichen Einsatz umzuziehen.

In den Schlagzeilen rangierte der Promp-Fall momentan nur auf Platz drei oder vier, weit abgeschlagen von der

Geiselnahme, der Mordserie des Reißers und Barbara Himmers neuer Frisur.

Miss Hagen mußte sich also etwas gedulden.

## Der unsichtbare Leimer

Als Sherman an Ann Whitefields Apartment vorbeiging, öffnete sie leise schluchzend die Tür und fiel ihm zitternd um den Hals. Er hielt sie sekundenlang fest, tätschelte beruhigend ihren schmalen Rücken, umfaßte dann ihre Schultern und schob sie ein wenig von sich.

»Miss Whitefield?« Sie versteckte ihr Gesicht hinter langen Haaren und wimmerte. »Beruhigen Sie sich«, sagte er. »Ist ja gut...«

»Hier...« schniefte sie und drückte ihm einen Brief in die Hand.

Er nahm ihn und las. Die Seite stammte aus einem Laserdrucker und war nur halb beschrieben. Der unbekannte Leimspritzer hatte offenbar bemerkt, daß Miss Whitefield sich »an den Bullen rangeschmissen« hatte. Er prophezeite ihr, das werde sie auch nicht retten, da er, anders als die Bullen, reichlich Zeit habe und sie schon noch kriegen werde. Anschließend folgten ausführliche Schilderungen dessen, was er dann mit ihr machen wollte. Beim Überfliegen der letzten Zeilen legte Sherman die Stirn in tiefe Falten. »Vögeln« wollte die perverse Sau, aber vorher wollte sie »ausziehen«, »liebkosen« und »streicheln«. Es folgten einige Sätze, die jeweils um die Begriffe »Ding« und »Muschi« kreisten, und das war's. Sherman sah seine zitternde Nachbarin an, legte ihr den Zeigefinger der rechten Hand unters Kinn und hob ihren Kopf behutsam an. Ihre Augen waren knallrot.

»He«, sagte er sanft, »damit mußten wir rechnen. Machen Sie sich keine Sorgen. Sie werden noch immer rund um die Uhr bewacht.«

»Aber das können Sie doch nicht ewig machen.«

»Müssen wir auch nicht. Weil wir ihn vorher schnappen.«

Sie nickte, als sei gerade ihr Gnadengesuch abgelehnt worden.

»Ja.«

»Versprochen.«

»Was ...«

»Mmh?«

»Was will der denn bloß von mir?«

»Der Kerl ist ein Spinner. Irgendein Verklemmter, der sich wichtig machen will.«

»Aber warum *ich*? Warum ausgerechnet *ich*?«

»Es wird Sie nicht trösten«, sagte Sherman tröstend, »aber Sie sind eine sehr attraktive Frau.«

Sie sah auf und schniefte erneut. »Finden Sie?«

Sherman nickte. »Finde ich. Na also, Sie können ja doch noch lächeln. Steht Ihnen viel besser als hängende Mundwinkel.« Er hielt den Brief hoch. »War das Ding in Ihrem Postschacht?«

Sie nickte.

»Haben Sie den Umschlag noch?«

Sie nickte wieder.

»Kann ich den mal sehen?«

Sie wandte sich ab, ging in ihre Wohnung, kehrte Sekunden später mit dem Umschlag zurück und gab ihn Sherman. Er betrachtete ihn und sah, daß die Stempel der

Postleitzentrale fehlten. Er wandte sich ab, sagte »Moment«, und marschierte zurück zum Fahrstuhl, wo der mit der Überwachung betraute Beamte auf einem bequemen Sessel hockte und sich gelangweilt durch seinen News-Man klickte.

»Coles?«

»Ja, Sir?«

»Ich habe hier einen Brief, der offenbar nicht mit der Post gekommen ist. Haben Sie vielleicht den Kerl gesehen, der das Ding in Miss Whitefields Postschacht geworfen hat?«

Für Sekunden herrschte Stille. Dann sagte Coles: »Nein, Sir, tut mir leid.«

»Aber Sie haben die Tür doch die ganze Zeit bewacht, oder?«

»Ja. Das heißt, nein, nicht die ganze Zeit. Teilweise hab ich hier am Fahrstuhl gesessen. Wegen der Wanzen hätte ich ja gehört, wenn was gewesen wäre. Und dann war ich natürlich zwei-, dreimal auf dem Klo.«

»Danke«, sagte Sherman und machte sich auf den Rückweg.

Er zwang sich zu einem aufmunternden Lächeln, als er seiner Nachbarin wieder gegenübertrat.

»Wir kriegen ihn«, sagte er.

»Haben Sie eine Beschreibung?« In ihrem Gesicht rangen schwache Hoffnung und starke Zweifel um die Züge.

»Ja«, sagte Sherman. »Keine besonders gute, aber immerhin. Wir werden unsere Datenspeicher durchsehen und den Brief überprüfen lassen. Anschließend dürften wir ihn haben.«

»Das ... wäre schön«, sagte sie.

»Ja.«

»Es … ach, es tut mir so leid, daß ich Ihnen solche Umstände …«

Sherman winkte ab. »Es tut mir leid, daß wir nicht schneller sind.«

Er sah auf die Uhr. »Und jetzt entschuldigen Sie mich bitte«, sagte er, »ich muß nämlich gleich wieder weg.«

»Müssen Sie etwa noch arbeiten?«

»Unsere Kunden halten sich leider nicht an die Ladenschlußzeiten.«

»Ah. Dann … vielen Dank. Wirklich.«

»Geht's wieder?«

»Ja.« Sie nickte eifrig. »Ja.«

»Okay, versuchen Sie mal, an was anderes zu denken. Sehen Sie sich einen Film an. Oder lesen Sie was Gutes.«

»M-mh. Mache ich.«

»Gut. Ich melde mich bei Ihnen, sobald wir was wissen.«

»Danke.«

»Bedanken Sie sich nicht ständig«, sagte Sherman, hob die Hand zum Abschied, wandte sich ab und ging auf seine Tür zu.

»Ach … Inspector?«

»Ja?«

»Passen Sie gut auf sich auf.«

Sherman drehte sich noch einmal nach ihr um. Während er seine Rechte auf den Scanner legte und die Tür aufsprang, legte er den Kopf schräg und schüttelte ihn kurz, bevor er fassungslos lächelnd in seiner Wohnung verschwand.

# Da hilft keine Haftcreme

»Tja, was willst du machen?« sagte der rauchende Busch und gab dem Penner das Feuerzeug zurück. »Stürmen können sie das Parlament nicht, und bis Gas wirkt, wenn man's durch die Lüftung reinpumpt . . .«

»Aber nachgeben kommt überhaupt nicht in Frage«, sagte der Penner entschieden. »Wenn das einreißt . . . he, paß auf, daß du dir nicht die Blätter absengst.«

»Oh.« Der Busch klopfte auf die Blätter vor seiner Stirn. »Scheiße, verdammte, wieso muß ich auch ein Busch sein?«

»Steht Ihnen aber«, sagte Sherman, der sich den getarnten Beamten lautlos genähert hatte. Beide fuhren zusammen und nahmen Haltung an.

»Sir!«

»Sie sollten die Zigarette ausmachen.«

»Ja, Sir«, sagte der Busch und trat die Zigarette aus.

»Schießen Sie nur, wenn es nicht anders geht«, sagte Sherman und verschwand grußlos wieder im Unterholz. Er näherte sich Torberg, der einige Meter weiter, pechschwarz gekleidet und mit rußgeschwärztem Gesicht, hinter einem Zierbrunnen lag. »Wie sieht's aus?« flüsterte Sherman und hockte sich neben ihn.

»Kann losgehen. Streichen einige Leute im Park rum, die in Frage kommen. Wir warten nur noch auf Lyle.«

Sherman sah auf die Uhr. Es war fünf nach halb zehn. Der Westeingang war ungefähr fünf Minuten entfernt.

»Er ist eben kein Sprinter«, flüsterte er.

Torberg nickte. »Kommt dem Reißer entgegen. Hoffentlich sitzen wir hier nicht umsonst . . .«

»Warten wir's ab.«

Sherman sah wieder nach rechts, in Richtung Eingang. Der lediglich von einigen schwachen Lampen erhellte Pfad war noch immer leer wie ein Werbeversprechen.

»Komisch«, sagte Sherman.

Sie warteten. Eine endlose Minute. Noch eine endlose Minute.

»Da stimmt was nicht«, sagte Sherman.

»Vielleicht sitzt er noch irgendwo und ißt 'ne Kleinigkeit.«

»Wäre seine letzte Mahl...«, flüsterte Sherman grimmig und wurde mitten im Satz von einem leisen Schrei aus weiter Ferne unterbrochen.

*»Shöörmäääääään!«*

Er und Torberg wirbelten herum, sprangen auf und hasteten, knackten und krachten durch Unterholz, kleine Wasserläufe, ungemähte Wiesen und verletzt aufjaulende Büsche auf den Ausgangspunkt des Schreis zu.

»Dieser dicke Depp«, fluchte Sherman im Laufen. »Ich hab doch *gelber* Pfad gesagt, verdammt noch mal...«

*»Shöörmäään!* Oh, *Scheis-sää!«*

Sie erreichten den grünen Trimmpfad und entdeckten Lyle, der zwischen zwei Parkfunzeln auf dem Kiesweg kniete, sich mit der Rechten den Bauch hielt und mit der Linken auf das gegenüberliegende Gebüsch deutete. »Er ist da rein...« ächzte er.

Torberg raste sofort weiter. Sherman rief ihm nach, er wolle das Schwein lebend, ging auf Lyle zu, betätigte die Sprechtaste seines Schultercom und gab einige kurze Anweisungen an die Gruppenführer. Dann kniete er sich vor seinen Partner.

»Alles in Ordnung?«

»Glaube nicht«, sagte Lyle und ließ die Hand von seinem Bauch sinken. Im schwachen Licht der Parklaternen war sie fast schwarz. Sherman drückte erneut auf das Sprechfeld und gab den Sanitätern seinen Standort durch. Dann betrachtete er den Bauch genauer. Ein riesiges Gebiß rahmte Lyles Wampe ein. Einige der vorderen Hauer hatten sich dicht unter den Rippen eingegraben, andere direkt unter dem Bauchnabel. Der Stoff des todschicken Jogginganzugs war zerrissen und blutgetränkt. Lyle sackte zusammen, rieb sich den Arm und sagte »Au«.

»Was ist?«

»Die Spritze«, ächzte Lyle, schob den Ärmel hoch und beförderte eine abgebrochene Nadel ans Laternenlicht. »Ich hab gemerkt, daß er mich gestochen hat und war sofort weg. Bin aber gleich wieder aufgewacht...«

»Weil das Ding abgebrochen ist.«

»...und hatte diesen Typen auf dem Bauch.«

»Der scheint aber 'ne schlechte Haftcreme zu benutzen.«

Lyle gluckste kurz und schrie auf. Er hielt sich den Bauch. »Das ist nicht *sein* Gebiß, Sherm...«

»Dachte ich mir fast.«

»Wo habt ihr eigentlich gesteckt, verdammt...«

»Am gelben Pfad. Das hier ist der grüne, Dicker.«

»Nein!«

»Doch.«

»Herrgott!« Er klopfte sich mit den Fingerknöcheln gegen den Schädel. »Jemand zu Hause? Möchten Sie ein Gehirn kaufen...?«

»Psst.«

Im Gebüsch schräg vor ihnen flammte ein Laser auf,

und wesentlich weiter links schrie jemand. Lichtkegel schälten pechschwarze Äste und Blätter aus der Dunkelheit, und halbe Rufe und Sprachfetzen drangen von weit her aus dem Waldstück. Sherman zog seine Waffe heraus und pustete den beiden Laternen am Wegesrand das Licht aus, dann legte er auf das raschelnde Gebüsch an. Ein Laserstrahl zischte über Lyles Kopf und riß ein Loch in die Wiese hinter ihnen. Sherman drückte Lyle auf den Kiesweg, spähte ins Dunkel und rief »Stehenbleiben!«

Das Rascheln hörte auf.

»Werfen Sie die Waffe weg und kommen Sie mit erhobenen Händen raus!« rief Sherman, dann zischte der nächste Strahl direkt an seinem Kopf vorbei. Inzwischen waren die Stimmen nicht mehr weit entfernt. Der nächste Laserstrahl wurde von weiter links abgefeuert und jagte direkt neben dem raschelnden Gebüsch in einen Baum. Ein schmaler Schatten sprang heraus und rannte los.

Sherman legte auf ihn an und brüllte noch einmal »Stehenbleiben«.

Der schmale Schatten wirbelte herum und zielte auf Sherman. Sherman drückte ab. Der Schatten flog einen guten Meter rückwärts und krachte knirschend auf den dunklen Weg. Sherman stand auf, ging mit vorgehaltener Waffe auf ihn zu und stieß ihn mit dem Fuß an. Keine Reaktion. Beim Sturz hatte der Schatten seine Waffe verloren. Sherman kniete sich hin und sah den Mann an. Er hatte mehr verloren als nur die Waffe.

Als Torberg und die anderen aus dem Unterholz brachen, richtete Sherman sich auf und betrachtete das Gesicht des Toten im grellen Schein der Lampen. Einer der Männer hinter ihm sprach aus, was er dachte.

»*Das* ist der Reißer?«

»Nicht ganz das, was uns die Jungs vom Net prophezeit haben«, sagte De Luca.

Ein Minikrankenmobil jaulte auf die Männer zu und blieb neben Lyle stehen. Zwei Sanitäter sprangen heraus, hievten ihn vorsichtig auf eine Trage und wollten ihn im Wagen verstauen, aber Lyle protestierte energisch.

»Ich will den Arsch auch sehen!« sagte er. »Tragt mich da rüber, Jungs.«

Die beiden warfen Sherman fragende Blicke zu. Sherman nickte, und Lyle wurde herübergetragen. Er sah von der Trage auf den Kiesweg.

»*Der?* Das kann doch nicht wahr sein. Sherm, sag mir, daß das nicht wahr ist. Der sieht ja aus wie'n Schlagersänger. O Gott. Bringt mich weg, Jungs. Mir wird schwindlig...«

Während sie ihn wegtrugen und verstauten, wandte Sherman sich von dem braven, bart- und fältchenlosen Gesicht ab. Schneider kam auf ihn zu und hielt ihm eine geräumige Priaboss™-Sporttasche hin.

»Lag vor dem Nordeingang im Gebüsch.«

»Und? Irgendwas drin?«

»Allerhand. Spritzen, genug Betäubungsmittel, um eine ganze Armee einzuschläfern, ein zweites Tiergebiß mit messerscharf gefeilten Zähnen und ein knappes Dutzend Conserv-O-Beutel.«

»*Was?*«

»Wenn er das Zeug gegessen hat, dann jedenfalls nicht hier.

»Irgendwelche Papiere?« fragte Sherman.

»Ist wie Weihnachten«, sagte Schneider und holte eine bereits eingetütete Brieftasche heraus. »Alles da... Peter

Drent, Weinbergerplatz 38. Das ist in der City West. Im deutschen Viertel.«

»Dann sollten wir uns wohl mal seine Wohnung ansehen«, sagte Sherman, »und einen Blick in seinen Kühlschrank werfen.«

Schneider nickte weiter. »Oder in die Mikrowelle.«

## Neck läßt grillen

Sherman und Schneider rasten über leere Straßen nach Südwesten, als am rechten oberen Rand des Monitors in der Konsole ein knalliger Schriftzug aufflackerte – und da die Verantwortlichen des News-Net das Prädikat *Brand News* nur für wirklich wichtige Ereignisse vergaben, sagte Schneider nach einem kurzen Blick zu Sherman »Bild«.

Ein sommersprossiger Reporterkopf hing vor dem Parlamentsgebäude.

»Guten Abend. James Olsen vor dem Parlamentsgebäude. Wir werden gerade Zeuge eines der verwegensten Einsätze in der europäischen Polizeigeschichte.« Der Kopf verschwand, und leicht verschwommene Bilder aus dem Inneren des Gebäudes flackerten über den Schirm. Der Reporter fuhr unsichtbar, aber um so aufgeregter fort. »Da die Überwachungssysteme des Parlaments wieder teilweise instandgesetzt werden konnten, sind wir endlich in der Lage, Ihnen Live-Bilder aus dem Gebäude zu zeigen. Auf den O-Ton müssen wir leider verzichten.« Kleine Kreise fingen drei der Personen im Raum ein. »Eingekreist sehen Sie jetzt die Geiselnehmer. Ein von den Sonderschutzeinheiten installierter Störsender verhindert den Empfang unserer Übertragung im Gebäudeinneren; die Geiselnehmer wissen nicht, daß sie beobachtet werden und daß eine Sondereinheit Scharfschützen sie im Visier hat. Wir werden in wenigen Sekunden Zeuge einer historischen Aktion...«

Während Schneider auf die Straße achtete, behielt Sherman den kleinen Bildschirm im Auge. Einer der Geiselnehmer ging auf einen der Politiker zu. Wer es war, konnte Sherman nicht erkennen. Der Geiselgangster fuchtelte mit seiner Waffe und der freien Linken vor dem Mann herum. Der Politiker schien zurückzuweichen, und das war sein Glück, denn mitten in der Drohgebärde hielt der Gangster inne, wirbelte herum und mußte mitansehen, wie seine beiden Komplizen von Laserstrahlen aus der Klimaanlage gegrillt wurden. Lange mußte er sich das allerdings nicht ansehen, denn als er erneut herumwirbelte und auf den Politiker zielte, den er schon Sekunden zuvor bedroht hatte, wurde auch er kurzerhand gegrillt. Während die Zeitlupe lief, fand der unsichtbare Reporter seine Stimme wieder.

»Es ... ist vorbei«, hauchte er ungläubig. »Ja. Jetzt dringen die Männer von Oberst Neck in den Plenarsaal ein. Es ist vorbei. Das Drama ist beendet. Entschuldigen Sie, daß es mir die Sprache verschlagen hat, aber ... ich hoffe, Sie haben Verständnis. Wir schalten gleich nach unten, wo meine Kollegin Caroline Berlioz in wenigen Minuten den Präsidenten am Mikrofon haben und befragen wird. Anschließend schalten wir direkt zu einem Live-Interview mit den Kindern des verstorbenen Oppositionschefs Trottenolm, die wir vor einer halben Stunde ausfindig machen konnten. Bleiben Sie dran.«

Das Werbesignet füllte das Bild aus, dann folgte ein Brauereispot mit debil grinsenden Bierkutschern. Kleinere Kunden konnten sich die seit Beginn des Geiseldramas astronomischen Werbesekundenpreise nicht mehr leisten.

Sherman sagte »Stumm«, und das Gerät gehorchte.

»Warum nicht gleich so«, brummte Schneider zufrieden.

»Tja«, sagte Sherman.

Schneider warf ihm einen kurzen Blick zu. »Was meinen Sie, Sir?«

»Nichts.« Sherman schüttelte den Kopf und winkte ab. »Hauptsache, es ist vorbei.«

Auf dem Bildschirm erschien der runde Kopf des Präsidenten, eingerahmt von einem Schwarm Mikros. Alfred Himmer schien keine besondere Lust zu verspüren, einen Kommentar abzugeben, und ließ sich von Sicherheitskräften aus der Umklammerung befreien. Einen Moderatorenkopf später füllten zwei heulende Halbwüchsige und eine verzweifelte Frau das Bild aus. Im Hintergrund erkannte Sherman eine primitive Hütte.

»Ratten«, sagte er.

»Wer?«

»Diese Kerle.« Er deutete auf den Reporter, der das Interview führte, oder besser, zu führen versuchte. »Sehen Sie sich das an. Die Hütte. Das ist in den Bergen. Die Frau hat garantiert direkt nach dem Tod ihres Mannes alles stehen und liegen lassen und sich versteckt. Aber diese Scheißzecken finden jeden.«

Frau Trottenolm stellte sich schützend vor ihre Kinder und schob sie in die Hütte. Die Kamera folgte ihr erbarmungslos. Sherman sagte »Aus«.

# Kein Herz für Sherman

Als sie zehn Minuten später Peter Drents Wohnung betraten, stießen sie gleichzeitig einen leisen Pfiff aus. Sherman drückte die Tür zu. Die Wohnung war großzügig geschnitten, sehr aufgeräumt und sehr modern eingerichtet. Es hätte ihn nicht gewundert, eine solche Wohnung in Galen vorzufinden, aber in einem Betonsilo in der City West wirkte sie fast so deplaziert wie eine Druckluftfanfare beim Urbi et Orbi.

»Ist ja toll«, sagte Schneider.

»Scheint nicht schlecht verdient zu haben. Sehen Sie sich mal um.«

Schneider öffnete die Tür zum Schlafzimmer und pfiff erneut.

»Was?« fragte Sherman, während er auf den Kühlschrank zuging.

»Ein Comforel-Bett... und eine Whirlwanne... Wow. Nicht zu fassen... ein Hakamoto-Klo. Mit integriertem Blutzucker-, Eiweiß- und Salmonellen-Checker...«

»Sagenhaft.« Sherman öffnete den Kühlschrank. Was er sah, hätte Lyle das Wasser auf der Krawatte zusammenlaufen lassen, aber menschliche Organe standen offenbar nicht auf Drents Speiseplan für die nächsten Tage. Sherman ließ die Tür zufallen, öffnete einige Schränke und schloß sie gleich wieder, da er sich nicht für Küchengeräte interessierte. Keine Leber in der Mikrowelle, keine Niere im Tiefkühlfach, kein Herz im Mülleimer.

»Inspector?«

»Ja.«

»Sehen Sie sich das mal an.«

Sherman durchquerte das Wohnzimmer und betrat den kleinen Raum neben Drents Schlafzimmer. Schneider stand vor einem zweiten, geöffneten Tiefkühlschrank.

»Sieh an«, sagte Sherman und nahm zwei gefüllte, steinharte Conserv-O-Beutel aus dem Schrank. »Das sind Lebern, oder?«

»Äh ... Ich weiß nicht genau.« Schneider hustete. »Ich hab's nicht so mit Innereien ...«

»Zwei, vier – fünf Lebern. Wo ist die sechste?«

Sherman sah sich im Raum um. Tisch, Stühle und Wände waren weiß, Skalpelle, Tiegel, Töpfe, Mörser und Bunsenbrenner standen und lagen auf dem Tisch vor dem Fenster, und an den Hafthaken neben der Tür hingen ein weißer und ein grüner Kittel. Sherman trat an den Tisch und betrachtete den Inhalt eines Tiegels.

»Rufen Sie die Spurensicherung an und sagen Sie denen, daß sie ihren Chemiebaukasten mitbringen sollen.«

Schneider rief die Spurensicherung über sein Schultercom.

»Sie meinen, er hat mit dem Zeug experimentiert?«

»Sieht so aus. Aber offenbar nur mit den Lebern.«

»Und was ist mit dem Rest?«

»Ausgezeichnete Frage.«

Sherman verließ den Raum und nahm sich Drents Schreibtisch vor. Nach kurzem Suchen fand er einen Immatrikulationsausweis der Universität und ein elektronisches Notebook. Er vergewisserte sich, daß auch die Bank- und Sozialversicherungscodes eingespeichert waren, dann steckte er Ausweis und Buch ein.

»Schneider?«

»Ja?«

»Rufen Sie die Zentrale und fordern Sie zwei Leute zur Überwachung an. Falls irgend jemand Drent besuchen will, sollen sie ihm folgen.«

»Okay.«

»Haben Sie im Moment viel zu tun?«

»Äh... es geht.«

»Dann übernehmen Sie die Befragung der Nachbarn. Aber nicht mehr heute nacht.«

## Das nette Phantom von nebenan

»Morgen, Sarah.«

»Morgen, Sir.«

»Ist Lyle schon da?«

»Der ist im Krankenhaus.«

»Was? Wegen der paar Kratzer?«

»Er soll bis morgen zur Beobachtung dableiben.«

Sherman schüttelte den Kopf. »Das möchten die vielleicht. Spätestens um zwölf ist er wieder hier.«

»...?«

»Schon mal im Krankenhaus zu Mittag gegessen?«

Sarah lächelte. Sherman ging auf die Kaffeemaschine zu und ließ sich einen Becher Kaffee einlaufen.

»Äh, Inspector...«

»Ja?«

»Die Ergebnisse der Spurensicherung im Fall Drent sind schon im Netz...«

»Danke. Ich möchte in der nächsten Stunde möglichst nicht gestört werden.«

»Ist gut.«

Sherman ging in sein Büro, schloß die Tür zum Vorzimmer, hängte seinen Mantel auf, nahm Drents elektronischen Terminkalender aus der Innentasche und setzte sich. Er probierte den Kaffee und sah sich das Ergebnis der Spurensicherung an. Anhand der messerscharfen Tiergebisse ließ sich zweifelsfrei nachweisen, daß insgesamt sechs der im letzten Monat verübten Morde auf Drents Konto gingen; daß sie den Reißer geschnappt hatten und nicht irgend einen Nachahmungstäter, stand also fest. Keiner der in Drents Wohnung festgestellten Fingerabdrücke war in der Kartei erfaßt; Drent war nicht vorbestraft gewesen und schien keinen Kontakt zur Szene gehabt zu haben. Die Erkenntnisse der Spurensicherung legten also nahe, daß Drent ein geistesgestörter Einzeltäter gewesen war. Unbeantwortet blieben dabei nur zwei Fragen, nämlich, weshalb in seinem Kühlschrank ausschließlich Lebern gelegen hatten und wo die übrigen Organe geblieben waren.

Sherman tippte sich in den Terminkalender und rekonstruierte Drents Tagesabläufe der vergangenen Wochen. Dreimal wöchentlich, jeweils montags, mittwochs und freitags, hatte er Vorlesungen an der Uni besucht, und es überraschte Sherman nicht, daß es sich dabei um medizinische Seminare handelte. Was ihn hingegen überraschte war, daß Drent jeweils an jenen Tagen, die den Morden folgten, ein »E« notiert hatte. Nichts weiter. Keine Uhrzeit, keinen Treffpunkt, nur »E«. Das konnte ein Gebäude oder eine Person sein, konnte gar nichts bedeuten oder einfach für »Erholen« dastehen. Oder für »Experiment«.

Experiment? Womit? Fünf der Lebern lagen noch immer im Kühlschrank.

»Was soll ich dazu sagen?«

»Oberst Neck wird einen Orden kriegen.«

»Steht ihm bestimmt.«

»Wird vielleicht demnächst unser Chef. Wenn Jennings sich zur Ruhe setzt.«

»Schön«, sagte Sherman und schob seinen Teller beiseite.

»Schon satt?« De Luca sah ihn erstaunt an.

»Ja«, sagte Sherman. »Wollen Sie's haben?«

»Brauchen Sie mich diese Woche nicht mehr?«

## Ü-ber-raschung!

Als Sherman in sein Büro zurückkehrte, saß Lyle auf Sarahs Schreibtischkante und schilderte seinen heldenhaften nächtlichen Einsatz in den schillerndsten Farben.

»... ich also hinterher und hab ihn schon fast, da rutscht mir der Mistkerl aus den Fingern ...«

»Tag, Lyle.«

»Oh. Tag, Sherm.«

»Erzähl weiter.«

»Äh ... ich war gerade fertig.«

»Schön. Wo hast du gesteckt?«

»Im Krankenhaus.«

»Du bist zum Mittagessen geblieben?«

»Äh. Nein. Also, ich bin um elf aus dem Krankenhaus weg, und dann mußte ich noch mal kurz was essen.«

Sherman sah auf die Uhr. »Es ist eins. Das Krankenhaus ist keine zehn Minuten entfernt ...«

»Und?« fragte Lyle unschuldig.

»Vergiß es. Was macht dein Bauch?«

»Gut. Ich hatte 'ne doppelte Portion Chili, aber...«

»Die Verletzungen.«

»Ach so. Alles geflickt. Brennt noch ein bißchen.«

»Fein.« Sherman öffnete die Tür zu seinem Büro. »Dann laß uns mal kurz über die Promp-Geschichte reden.«

Lyle folgte ihm, setzte sich ächzend auf den Besuchersessel und sah sich um.

»Was suchst du?«

»Kekse.«

»Paß auf, Lyle«, sagte Sherman und setzte sich ebenfalls, »erstens geht aus dem endgültigen Promp-Untersuchungsbericht hervor, daß irgendwas auf dem Pralinenkasten befestigt war. Auf dem Deckel. Mit einer Haftzwecke.«

»Und?«

»Gleich. Zweitens habe ich mit Miss... Gale telefoniert. Promps Freundin.«

»Ich dachte, die Hagen...«

»Nicht mehr. Wenn ich zusammenlege, was mir die Klatschtanten vom Net, Smegma und die Gale erzählt haben, hatte unsere Freundin allen Grund, Promp zu hassen. Er war ihr Leben, privat und beruflich...«

»Schon blöd, wenn man solche Sachen nicht trennt.«

»Die Show-Idee gehörte ihm, jedenfalls rechtlich. Er hatte eine neue Freundin – die er angeblich heiraten wollte –, und er wollte weg. Das bedeutet, daß Miss Hagen erstens ihren Mann verloren hätte, zweitens ihren Job und drittens, wenn Promp die kleine Gale wirklich geheiratet hätte, wahrscheinlich auch ihr Erbteil. Ein Motiv wie handgemalt.«

»Gut. Überzeugt aber noch niemanden. Jedenfalls keinen Richter.«

»Weiß ich. Aber denk an die Pralinen. Du würdest natürlich alles fressen, was in deiner Reichweite steht, aber normale Menschen tun so was nicht. Schon gar nicht, wenn sie bedroht werden. An dem Pralinenkasten hing kein Absender – jedenfalls nicht mehr, als Promp gefunden wurde. Da wir aber inzwischen wissen, daß irgendwann irgendwas draufklebte, gehe ich davon aus, daß auf diesem Irgendwas *Von Veronica* stand.«

»Sonst noch was?«

»Was meinst du?«

»Weitere Spuren.«

»Nein.«

»Tsss«, machte Lyle. »Schade. Dann bringt uns deine schöne Geschichte nämlich keinen Millimeter weiter. Du bist absolut sicher, aber du hast nichts in der Hand.«

»Genug Indizien, um Miss Hagen vor Gericht zu stellen. Uns fehlt nur noch der Beweis, daß sie von Promps Abwanderungsgedanken wußte. Und den holen wir uns aus ihren Unterlagen, sobald sie in U-Haft sitzt.«

»Wacklig«, sagte Lyle.

»Aber einen Versuch wert.«

Lyle nickte langsam. »Stimmt. Vielleicht bricht sie ja zusammen, wenn sie vor dem Richter steht. Ist schon besseren Leuten passiert...«

Biiiiep.

»Ja, Sarah?«

»Inspector, ich glaube, Sie sollten sich die neue Ausgabe des News-Man ansehen...«

»Wieso?« sagte Sherman und stöpselte das Gerät in die Daily-ROM-Dose.

»Der Promp-Fall ...«

»Ich hab's schon, danke«, sagte Sherman und rief die Schlagzeile auf. Er las sie zweimal. Dann überflog er den dazugehörigen Artikel.

»Was ist?« fragte Lyle.

Sherman drückte ihm das Gerät in die Hand, stand auf und ging zum Fenster. Lyle starrte den News-Man an.

»*Reporter löst Mordfall Promp*? He, was soll das denn ... haben die die kleine Hagen ...?«

»Lies weiter.«

»Genaue Recherchen ... Unfähigkeit der Behörden ... Überprüfung der Tatverdächtigen durch ... *Palmer*?! Dieses Arschloch ... Volles Geständnis des Täters? Den Behörden übergeben ... Wer? *Benjamin Sternheim*?« Lyle sah entsetzt auf. »He, das kann nicht sein. Sherm, den hab ich überprüft. Das ist einer von denen, die verloren haben, eins von den ganz armen Schweinen ...«

»Krieg dich wieder ein. Diesmal zweifle ich nicht an deiner Menschenkenntnis. Dann müßte ich nämlich auch gleich an meiner eigenen zweifeln und könnte ab morgen im Stadtpark spazierengehen und mit großen Plastikfiguren Schach spielen.«

»Aber ... er hat gestanden ... steht hier.«

»Sir?«

»Ja, Sarah?«

»Officer Boksic.«

»Stellen Sie ihn durch ... Sherman.«

»Boksic, Sir. Ich wollte Ihnen nur sagen, daß gerade ein gewisser Sternheim hier abgeliefert worden ist. Er hat ge ...«

»Wir wissen schon Bescheid, Officer. Wir kommen gleich.«

Sherman unterbrach die Verbindung und wandte sich Lyle zu. »Na dann«, sagte er. »Hören wir uns mal an, wie er's gemacht hat.«

## Ein Geständnis wie aus dem Lehrbuch

Benjamin Sternheim war einundvierzig Jahre alt und für sein Alter entschieden zu hager, hatte kaum mehr Haare auf dem Kopf, dafür aber viele am Kinn und stank wie ein Wäschereilaster auf der Rückkehr vom Leichenschauhaus.

Sherman setzte sich ihm gegenüber an den kleinen Tisch im Besuchsraum des U-Haft-Traktes, Lyle lehnte sich neben der Tür an die Wand, machte ein humorloses Gesicht und verschränkte die Arme vor der Brust.

»Sie sind Benjamin Sternheim?« fragte Sherman.

»Ja.« Er sprach sehr leise und behielt die Tischplatte im Auge.

»Geboren am zweiten August neunzehnhundertneunundachtzig in Berlin, zur Zeit ohne festen Wohnsitz?«

»Ja.«

»Und Sie waren vor... fast vier Jahren Kandidat bei KOPF ODER ZAHL?. Haben Sie damals viel verloren?«

»Alles.«

»Was genau?«

»Mein Haus, meine Lebensversicherung und mein Auto. Und dann meine Firma und meine Frau.«

»Was für eine Firma?«

»Ich hatte ein Informationsbüro in der City.«

»Für Touristen.«

»Ja.«

»Und nach der Show dachten alle, Sie wüßten ohnehin nie die richtige Antwort.«

»Ja.«

»Hat Ihre Frau Sie deshalb verlassen?«

»Ja.«

»Oder haben Sie angefangen, sie zu schlagen?«

»Nein.«

»Waren Sie damals auch schon so geschwätzig?«

Sternheim sagte nichts.

Sherman seufzte. »Na schön. Und dann haben Sie vier Jahre lang überlegt, wie Sie Promp umbringen können.«

»Nein.«

»Nein?«

»Ich wollte ihn nicht umbringen.« Endlich sah Sternheim auf. »Ich hab überhaupt nicht mehr an ihn gedacht. Nur ... an dem Abend, als ich's gemacht hab, da hab ich eine Aufzeichnung seiner Show in 'ner Kneipe gesehen. Und dann bin ich raus, und ich war völlig betrunken, und dann hab ich meine Frau getroffen. Mit meinen Kindern. Und ihrem neuen Mann.«

»Und?«

»Sie ... hat mich beschimpft. Und als ich den Kindern hallo sagen wollte, haben sie sich hinter ihr versteckt und geweint.«

»Sie sehen nicht aus wie ein guter Onkel.«

»Nein.«

»Sie waren also besoffen – und wütend auf den Mann, der schuld an Ihrem ganzen Unglück war.«

»Ja.«

»Und sind dann in einen Pralinenladen gegangen, haben von dem Geld, das Sie nicht hatten, die teuersten Pralinen gekauft, sich anschließend Blausäure besorgt und Promp vergiftet?«

»Die Pralinen hab ich geklaut. Und das Gift hab ich von einem Freund bekommen.«

»Klar.« Sherman schloß lächelnd die Augen und nickte verständnisvoll. »Und ich bin Donald Duck.«

»...?«

»Meine Mütze ist in der Wäsche. Wissen Sie, Sternheim, wenn mir jemand erzählt, er habe Elvis an einer Imbißtheke im Ural getroffen, lasse ich mir sofort die Adresse aufschreiben und rase mit meinem Autogrammheftchen los.«

Sternheim war offenbar ironiefest.

Sherman schnalzte bedauernd und schüttelte den Kopf. »Wie haben Sie das Gift in die Pralinen gekriegt?«

»Äh... wie?«

»*Wie*, ja.«

»Äh... mit einer Spritze. Ich hab die Füllung rausgesaugt und das Gift rein...«

»War das nicht *schwierig*?«

»N-nein...?«

»Schon mal einem Besoffenen beim Nägelschneiden zugesehen?«

»Also, doch, klar war das... schwierig, ja, doch, vielleicht... ich hab's eben irgendwie geschafft. Ich kann mich nicht gut erinnern...«

»Wissen Sie denn noch, wie Sie die Pralinen in Promps Garderobe bekommen haben?«

»Ich hab sie einem Mädchen gegeben. Am Eingang. Oder einem Mann. Glaube ich.«

»Glauben Sie.«

»Ja. Ja, es war ein Mädchen.«

»Und Ihre Fingerabdrücke haben Sie abgewischt.«

»Ja.«

»Was haben Sie auf die Karte geschrieben? *Mit bestem Gruß von Deinem alten Kumpel Benjy Sternheim*?«

»Ich... das weiß ich nicht mehr. Nein. Ich hatte gar keine Karte dazugelegt.«

Sherman seufzte wieder, diesmal etwas lauter. Er warf Lyle einen verzweifelten Blick zu. Lyle erwiderte ihn gelangweilt.

»Sternheim«, sagte Sherman. »Sie wollen mir erzählen, Sie hätten Promp zwar eigentlich im Affekt umgebracht, aber trotzdem die Ruhe besessen, Pralinen zu präparieren...?«

»Das... ist die Wahrheit«, sagte Sternheim verdutzt. Er hatte sich das Verhör offenbar anders vorgestellt.

»Für wie blöd halten Sie mich eigentlich?«

Sternheim starrte wieder die Tischplatte an. Sherman stand auf und klopfte von innen gegen die Tür. Der wachhabende Beamte kam herein.

»Sir?«

»Bringen Sie ihn zurück in seine Zelle.«

Sternheim stand auf, warf Sherman einen letzten verwirrten Blick zu und schlurfte dann, gefolgt von dem Beamten, hinaus auf den Flur.

»Was meinst du?« sagte Lyle.

»Was meinst *du*?«

»Spitzengeständnis.«

Sherman nickte. »Klar.«

»Aber er war's nicht. Der ist so harmlos, der kann nicht mal ein Rad schlagen.«

»Auch klar.«

»Warum gesteht er dann?«

»Was kriegt er für den Mord?«

»Lebenslänglich.«

»Nein.« Sherman stand kopfschüttelnd auf. »Sein Anwalt wird auf verminderte Schuldfähigkeit plädieren, und so, wie Sternheim die Geschichte erzählt, wird er damit wahrscheinlich durchkommen – obwohl ein Mord im Affekt und die präparierten Pralinen nicht perfekt zusammenpassen. Und wenn das Gericht der Argumentation seines Anwaltes folgt, kriegt er höchstens zehn Jahre.«

»Zehn Jahre Knast sind zehn Jahre Knast.«

»Sechs bei guter Führung.«

»Immer noch 'ne lange Zeit.«

«Für dich und mich, ja. Aber nicht für Sternheim. Da draußen wartet niemand auf ihn. Wenn er in den Bau geht, liegt er nicht mehr auf der Straße, bekommt was zu essen und kann den ganzen Tag fernsehen, basteln und mit sauberen Fingern in der Nase bohren. Das NEWS-NET hat die Exklusivrechte an seiner Story gekauft, und die interessiert jeden. Wahrscheinlich machen sie 'ne Sitcom draus. Wenn er einigermaßen schlau ist, bringt ihm das zwischen zweihundert- und dreihunderttausend: genug, um mit fünfzig wieder von vorn anzufangen. Davon abgesehen bin ich nicht sicher, ob die Geschichte auf seinem Mist gewachsen ist. Und falls er auch noch Geld von unserer Freundin kassiert, ist er wirklich aus dem Schneider.«

Lyle brauchte ein paar Sekunden, um das zu verarbeiten.

»Du meinst, die Hagen hat ihn gekauft?«

Sherman zuckte die Achseln. »Möglich.«

Nach kurzer Bedenkzeit zuckte Lyle ebenfalls die Achseln, sagte »Mmmh« und sah Sherman ratlos an. Sherman beantwortete die stumme Frage mit resigniertem Nicken.

»Tja«, sagte er. »So, wie die Dinge liegen, können wir sie bloß laufen lassen. Oder Sternheim grün und blau prügeln, bis er sein Geständnis widerruft.«

»Wäre zumindest mal was Neues.«

Sherman seufzte. »Sonst geht sie uns durch die Lappen.«

»Tja. So ist das Leben. Was willst du machen?«

»Weiß ich noch nicht.«

»*Noch* nicht?«

»Noch nicht.«

## Ein Befehl von oben...

»Der Chief für Sie, Inspector.«

»Ich bin nicht da.«

»Äh. Ich habe ihm schon gesagt...«

»Sarah, wie oft habe ich Ihnen schon... Herrgott. Gut, stellen Sie ihn durch.«

»Sherman?« Jennings klang ganz und gar nicht erfreut. Nur klang er eigentlich nie erfreut, da er als Chef der gesamten Sicherheitskräfte von New Hesperida selten Erfreuliches erlebte und zudem seit Jahren unter extremer Verstopfung und seiner extrem verwöhnten Frau litt, also dachte Sherman sich nichts bei dem Tonfall.

»Ja, Sir?« sagte er freundlich.

»Was ist das für ein Dreck mit der Promp-Geschichte? Wieso schnappen die Zecken den Mann, und nicht Sie?«

Sherman überlegte kurz, bevor er antwortete.

»Wir hatten in letzter Zeit viel zu tun.«

»Das ist keine Entschuldigung.«

»Sollte auch keine sein.«

»Sherman«, sagte Jennings streng, »ich nehme besorgt zur Kenntnis, daß Ihre Aufklärungsquote zurückgeht. Ich...«

»Entschuldigen Sie, Sir, aber meine Quote liegt immer noch bei sechsundachtzig Prozent. Die durchschnittliche Quote liegt bei vierzig. Falls Sie auf meine Mitarbeit keinen Wert mehr legen, suche ich mir gern einen Job in der freien Wirtschaft.«

Das genügte, um Jennings den Wind aus den Segeln zu nehmen.

»Nun werden Sie mal nicht gleich zickig«, brummte er. »Sie werden doch nicht bestreiten, daß Ihnen in letzter Zeit die großen Erfolge gefehlt haben. Zum Beispiel der Reißer-Fall...«

»Ist aufgeklärt.«

»Was?«

»Ja.«

»Wieso habe ich davon nichts gelesen?«

»Weil wir nur eine kleine Meldung im Lokalteil bekommen haben. Wegen der Parlamentsgeschichte.«

»Verdammt... Entschuldigung. Aber gut, daß Sie das ansprechen. Deswegen rufe ich nämlich an. Der Bürgermeister möchte sich mit Ihnen unterhalten.«

»Ich habe keine politischen Ambitionen.«

»Das sagt ja auch keiner. Er erwartet Sie heute abend um sieben zum Essen. Privat.«

»Sir, ich würde wirklich gern mit dem Bürgermeister plaudern, aber wir haben im Augenblick...«

»Das ist ein Befehl, Sherman.«

Klack.

»Danke, du Arsch«, sagte Sherman in die leere Leitung.

## ... und eine Bitte von ganz oben

Um zehn nach sieben lenkte Sherman das Mobil auf den großzügigen Vorplatz der weißen Villa im Regierungsviertel, stieg aus und knirschte auf den Eingang des Palastes zu. Er drückte auf den Knopf neben der Tür, und drinnen ertönte eine altmodische Klingel. Ein schwerbewaffneter Butler öffnete die massive Holztür. Er sah aus wie ein Pinguin auf dem Weg zur Front.

»'n Abend«, sagte Sherman. »Zum Bürgermeister.«

»Wer sind Sie?«

»Victor Sherman.«

»Sind Sie angemeldet?«

»Nein«, sagte Sherman fröhlich. »Ich kam grad so vorbei und dachte, he, eigentlich könntest du mal beim Bürgermeister reingucken und 'ne Flasche Chablis schnorren – macht ja nichts, daß du den Mann nicht kennst...«

Der humorlose Pinguin knallte die Tür zu. Sherman seufzte, dann klingelte er erneut.

»Bursche«, sagte der Pinguin, »wenn du nicht sofort verschwindest...«

»Ich werde erwartet.«

»Das kannst du deiner Oma erzählen.«

»Meine Oma ist taub. Darf ich jetzt rein?«

Der Kopf des Pinguins wurde ein bißchen größer und dunkler. Er machte einen Schritt auf Sherman zu. »He, ich laß mich nicht verarschen. Sieh zu, daß du...«

»Ich will dich nicht verarschen. Ich *könnte* dich gar nicht verarschen, denn um verarscht zu werden, braucht man ein relativ großes Gehirn.«

»Hä?«

»Schon mal versucht, 'ne Fliege auf den Arm zu nehmen?«

»Was ist denn da los?« fragte jemand von drinnen, und der Pinguin drehte sich um.

»Gar nichts, Sir. Irgendein Verrückter...«

Sherman spähte an ihm vorbei. »Herr Geyser?«

»Ja?«

»Victor Sherman. Wir waren verabredet. Könnten Sie Ihren Türöffner überreden, mich reinzulassen?«

»Jerome, laß ihn rein.«

Der Pinguin trat widerwillig zur Seite. Sherman schlüpfte lächelnd an ihm vorbei. »Denk an die Fliegen, Jerome... 'n Abend, Sir. Sie wollten mich sprechen?«

Der Bürgermeister hielt ihm eine fleckige Hand hin. Geyser war Mitte sechzig, groß und hatte erstaunlich viele Haare auf dem Kopf. Sherman sah genauer hin. Geyser war nicht der erste, der sich Kunsthaare hatte implantieren lassen, um in Wahlwerbespots besser auszusehen.

»Freut mich, daß Sie kommen konnten.« Geyser wies auf die gemauerte Treppe, die in den ersten Stock führte. Sherman nickte und ging an der Seite des Bürgermeisters hinauf.

»Ich will nicht unhöflich sein«, sagte er, »aber ich kann nicht lange bleiben. Ich habe schon zu Oberst Jennings gesagt, daß ich mich sehr über die Einladung freue ...«

»Aber Sie haben viel zu tun, ja, ja.« Geyser nickte freundlich. Sie hatten den oberen Treppenabsatz erreicht. Der Bürgermeister öffnete eine Tür und ließ Sherman vorausgehen.

Sie betraten ein kleines, gemütliches Eßzimmer mit teuer getäfelten Wänden. Auf dem Tisch standen zugedeckte Silbertabletts und weingefüllte Kristallkaraffen. Sherman zog seinen Mantel aus und hängte ihn über eine freie Stuhllehne.

»Wein, Inspector?«

»Gern.«

»Entschuldigen Sie die Formlosigkeit«, sagte Geyser, während er Shermans Glas füllte. »Ich habe dem Personal freigegeben, weil ich ungestört mit Ihnen sprechen wollte. Möchten Sie etwas essen?«

»Nein, danke.«

Geyser hob den Deckel eines der Tabletts hoch. Sherman lief das Wasser im Munde zusammen.

»Flugentenbrust in Weißweinsoße«, sagte Geyser. »Eine der Spezialitäten meines Kochs.«

»Dann wollen wir den Koch nicht enttäuschen.«

Geyser lächelte und legte eine dampfende Brust auf Shermans Teller. »Ich wollte mit Ihnen über die Geiselnahme im Parlament sprechen.«

Sherman wartete.

»Was sagen Sie dazu?« fragte Geyser.

»Was meinen Sie?«

»Das News-Net lobt das Vorgehen von Oberst Necks Männern in den höchsten Tönen. Stimmen Sie dem zu?«

»Ich weiß nicht genau, was Sie meinen, Sir.«

Geyser runzelte die Stirn und schien angestrengt zu überlegen. Sekundenlang fixierte er Sherman, dann hellte sich seine Miene auf.

»Na schön... Aber fangen Sie doch an... Guten Appetit.«

»Gleichfalls«, sagte Sherman und schnitt die zarte Flugente an. Geyser ließ sein Besteck liegen und fuhr fort.

»Wie Sie wissen, war Frank Trottenolm einer meiner Parteifreunde. Sie werden ebenfalls wissen, daß ihm recht gute Chancen eingeräumt wurden, Himmer bei der Wahl im Herbst abzulösen. Nun war Frank Trottenolm nicht nur mein Parteifreund, sondern darüber hinaus ein Mann, den ich auch privat sehr geschätzt habe. Wir haben uns häufig getroffen, auch mit den Familien...« Er bemerkte Shermans Blick. »Wie dem auch sei... bei einem unserer letzten Treffen – das muß vor knapp vier Wochen gewesen sein – deutete Frank an, seine Umfrageergebnisse würden bald wesentlich besser aussehen. Ich fragte ihn, weshalb, aber er wollte es mir nicht sagen.«

Sherman probierte den Wein. Er nickte anerkennend. »Und? Wissen Sie's inzwischen?«

»Nein.«

»Entschuldigen Sie, aber wollen Sie damit sagen...?«

»Ich will gar nichts sagen, Inspector. Ich halte nur fest, daß Frank Trottenolm offenbar irgendeinen Grund zu der Annahme hatte, seine Chancen würden demnächst steigen. Da keine Änderung unseres Parteiprogrammes vorgesehen war und Frank meines Wissens nichts plante, was seine Popularität nennenswert gesteigert hätte, muß dieser Optimismus andere Gründe gehabt haben. Man kann Siege erringen, indem man seine eigene Beliebtheit steigert, aber falls dies aus irgendwelchen Gründen unmöglich ist, muß man die Popularität des Konkurrenten verringern. Können Sie mir folgen?«

»Auf den Fersen. Aber das ist eine ungeheuerliche Anschuldigung.«

»Es ist überhaupt keine Anschuldigung.«

»Doch. Sie reden zwar sehr elegant um den heißen Brei herum, aber was Sie meinen ist, daß Trottenolm irgend etwas gegen die Christsozialen in der Hand hatte, und daß jemand deswegen seine Ermordung veranlaßt hat. Einer Ihrer politischen Gegner.«

Für Sekunden hörte man die Holzwürmer arbeiten.

»Das habe ich nicht gesagt«, sagte Geyser.

»Aber gemeint.«

»Es ... wäre doch immerhin denkbar. Angenommen, einer der Minister hat Dreck am Stecken. Trottenolm findet das heraus und hält die Informationen zurück, bis der Wahlkampf in vollem Gange ist. Unmittelbar vor dem Wahltermin enthüllt er den Skandal – oder läßt ihn enthüllen, um nicht in den Verdacht zu geraten, er habe Informationen zurückgehalten –, und diese Enthüllung gibt den Ausschlag für seinen Wahlsieg.«

»Hübsche Theorie.«

»Erklären Sie mir, weshalb ausgerechnet Trottenolm erschossen wurde.«

»Irgend jemanden mußten sie erschießen.«

»Aber um ihrer Forderung Nachdruck zu verleihen, hätten sie doch gleich mit der Ermordung des Präsidenten drohen können, nein, sogar *müssen* ... und kaum ist Trottenolm tot, gehen die Kameras im Parlament wieder an und stürmen die Truppen von Neck das Gebäude. Entschuldigen Sie, Inspector, aber das stinkt doch meilenweit gegen denWind...«

Sherman legte das Besteck neben dem halbleeren Teller ab und sah versonnen in sein Weinglas. »Wenn Sie recht haben – was ich übrigens nicht glaube –, waren die Geiselgangster gekauft. Von irgend jemandem.«

»Ja.«

»Das müssen aber ziemliche Trottel gewesen sein.«

»Weshalb?«

»Weil sie damit rechnen mußten, daß das Parlament gestürmt wird und daß man sie erschießt.« Da Geyser nichts sagte, fuhr Sherman fort. »Davon abgesehen: Warum kompliziert, wenn's auch einfach geht? Wenn Sie recht haben, hätte ihr großer Unbekannter Trottenolm doch auch zu Hause erschießen lassen können.«

»Aber dann hätte man nach einem Grund gesucht.«

»Bei allem Respekt, Sir: Das ist ziemlich weit hergeholt.«

Geyser runzelte die Stirn. Er machte ein sehr ernstes Gesicht und nickte mehrmals in Richtung Flugente. »Weit hergeholt oder nicht«, sagte er. »Ich möchte, daß Sie sich darum kümmern.«

»Sir...«

»Bitte.«

»Ja, Sir. Ich tue, was ich kann.«

»Und das ist, wie ich weiß, viel.«

»Ich kann Ihnen nicht versprechen, daß es reicht.«

»Mir reicht die Wahrheit.«

»Auch, wenn sie nicht Ihren Vorstellungen entspricht?«

»Auch dann.«

»Darf ich Sie was fragen?«

»Nur zu.«

»Wie wird man mit Ihrer Einstellung Politiker?«

## Rückschläge, Vorschläge, Tiefschläge

Sherman kehrte um halb zehn satt, leicht angetrunken und gut gelaunt in sein Apartment zurück. Immerhin hatte er einen intelligenten Politiker kennengelernt, und dieses Glück haben normalerweise nicht einmal Berufspolitiker, geschweige denn anständige Menschen. Er hängte seinen Mantel auf, holte sich ein Bier und schaltete das Aufzeichnungsgerät ein.

Die erste Mitteilung kam von Schneider.

»Ja, Schneider hier, Inspector. Ich hab mich mit ein paar Leuten an der Uni umgehört, und ich schätze, wir sind da auf was gestoßen. Drent hatte zwar nicht viel Kontakt zu seinen Kommilitonen, aber er hatte einen sehr guten Freund. Sagen die anderen. Dieser Freund, ein gewisser... Thomas Engelberg, ist heute nicht aufgetaucht, obwohl er ein sehr wichtiges Referat hätte halten sollen. Ich... äh. Am besten rufen Sie einfach zurück. Per Intercom erreichen Sie mich ab acht zu Hause. Bis dann.«

Lyles Mitteilung war länger und schmerzhaft.

»Hi, Sherm. Lyle. Kurz vor halb acht. Ich wollte dich bei Geyser nicht stören, also... äh... ich weiß nicht, was du dir wegen der Promp-Geschichte hast einfallen lassen, aber falls du immer noch den Geständniswiderruf aus Sternheim rausprügeln willst, vergiß es. Boskovic hat mich gerade angepiept und mir gesagt, daß Sternheim tot ist.« Shermans Kinnlade sackte nach unten. »Mag sein, daß sein Plan prima war. Aber nix ist perfekt.« Sherman hörte Kaugeräusche. »Was er, schmatz, vergessen hatte, war, schmatz, daß man im Knast nicht viel mehr tun kann als fernsehen. Und, schmatz, wer fernsieht, sieht Kopf oder Zahl. Das bedeutet, daß wir hier unten ein paar hundert gewalttätige Promp-Fans sitzen haben...« Lyle stieß leise auf. »'tschuldige. Scheißlinsen. Äh... die Fans, ja. Okay, wir hätten dran denken können. Aber man kann ja nicht an alles denken. Sie haben ihn regelrecht in den Boden gestampft. Ruf mich an, wenn du Einzelheiten hören willst. Ich bin bis acht hier. Sonst sehen wir uns morgen. Halt dich tapfer.«

Biiieeep.

Sherman schaltete das Gerät ab und ließ sich ächzend zurückfallen. Er starrte mit offenen Augen und offenem Mund an die Zimmerdecke und fragte sich, woher Menschen die Überzeugung nahmen, es gebe einen gerechten Gott.

Er stand auf, öffnete einige Schubladen und fand eine verschweißte Schachtel Zigarillos und ein Feuerzeug. Er öffnete sie, steckte sich einen Zigarillo in den Mund und schmiß einen seiner besten Silvestervorsätze mit Hilfe des Feuerzeugs über Bord. Rauchend wanderte er auf und ab und wälzte ein paar Gedanken hin und her und hin und her. Im Vorbeigehen öffnete er den Briefkasten neben der Tür, ließ Dutzende von Werbesendungen abwesend zu Boden gleiten und hielt plötzlich ein Päckchen in der Hand. Er drehte es um, sah, daß Ann Whitefield ihren Namen und seinen Namen in geschwungenen Lettern auf die Vorderseite gemalt hatte, ging zurück zu seinem Sessel und setzte sich.

Das Päckchen enthielt eine Karte, die neue Tom-Wilks-CD, ein gebundenes Exemplar von Dostojewskis *Schuld und Sühne* und einen kleinen Kasten *Bourgeas-Primeur*-Pralinen. Sherman las die Karte.

*Lieber ›Supercop‹,*
*ich weiß, daß Sie unbestechlich sind, also nehmen Sie Dostojewskis Worte, Wilks Musik und Bourgeas' Pralinen als kleinen Dank für Ihre Bemühungen und den Trost, den Sie mir spenden.*
*Ann.*
*P.S. Ich habe gesehen, daß Ihnen die neue Wilks-CD fehlt. Sie müssen zugeben, daß ich eine gute Detektivin wäre.*

Und nicht nur das. Sherman war dermaßen gerührt, daß er geschlagene drei Minuten nicht aufstehen konnte. *Schuld und Sühne* kannte er zwar schon, aber er besaß keine so schöne Ausgabe, und die neue CD seines Lieblingstrompeters Wilks fehlte ihm tatsächlich, weil er seit Monaten nicht zur Ruhe, geschweige denn zum Kulturshopping gekommen war. Lächelnd riß er den Pralinenkasten auf und steckte sich eine der kleinen Kugeln in den Mund. Er mochte keine Pralinen, aber er konnte nicht anders.

Blue Curaçao. Mandel-Parfait. Er spuckte das Ding in hohem Bogen gegen die Multimediawand. Dann wurde ihm bewußt, daß Miss Hagen nicht wissen konnte, daß er Tom Wilks liebte, und verlegen wischte er den ausgespuckten Rest vom Bildschirm und nahm sich eine neue Praline.

Er fühlte sich ein bißchen komisch. Er erinnerte sich daran, daß Arbeit auf ihn wartete. Er tippte eine Nummer in sein Schultercom. Allerdings nicht die von Schneider.

»Soziologische Abteilung, Herbert.«

»Sherman. Guten Abend. Ist Doktor Phrast noch da?«

»Nein, der ist schon nach Hause gegangen.«

»Danke.«

Sherman griff zum Telefon und wählte Phrasts Privatnummer.

»Phrast«, sagte eine junge Stimme.

»Victor Sherman. Hallo. Ist dein Vater da?«

»Ja. Paaaa-paaa!«

Theo Phrast erreichte den Apparat, als Shermans Ohren gerade wieder einsatzbereit waren.

»Ja?«

»'n Abend, Theo, hier ist Victor. Entschuldige, daß ich dich so spät...«

»Macht doch nichts... Moment... *Marie, würdest du der Kleinen bitte das Messer aus dem Mund nehmen? Steven, nein! Laß das sein! Das ist Papas Glas!*«

»Äh, Theo, ich kann dich auch...«

»So, alles klar... Was gibt's?«

»Habt ihr den Brief untersuchen lassen?«

»Ah, der Brief. Ja. Haben wir. Hochinteressantes Ding.«

»Wieso? Irgendwelche Spuren?«

»Nein. Absolut nichts. Professionelle Arbeit. Keine Abdrücke, kaum Staub, keine Fasern, gar nichts.«

»Was ist dann so interessant?«

»Der Inhalt.«

»Das Penthouse-Forum ist spannender, wenn du mich fragst.«

»Haargenau. Und das ist der Punkt.«

»Du solltest vielleicht Quizshows moderieren.«

»Entschuldige. Wir haben ein CD-I-Archiv, in dem Zigtausende von obszönen Briefen gespeichert sind – übrigens sehr zur Freude der Jungs, die frisch von der Akademie kommen und bei uns anfangen. Die persönlichen Daten der Autoren sind – soweit bekannt – festgehalten, also können wir bei Eingabe eines neuen Briefes annähernd feststellen, aus welcher sozialen Schicht und aus welcher Region der Verfasser kommt, welche Schulbildung er genossen hat, ob er häufig in die Kirche geht, wie sein Verhältnis zu seiner Mutter war und wie ernst er es meint.«

»Und?«

»Das haben wir mit deinem Brief gemacht. Das Ergebnis ist verblüffend.«

»Jaaa?«, sagte Sherman, der jemanden hätte erwürgen können und auch ziemlich genau wußte, wen.

»Der Verfasser ist entweder zwölf oder eine Lesbe.«

*»Was?«*

»Ich glaube, in dem Brief stand ungefähr zehnmal *Ding*. Und vier-, fünfmal *Muschi*. Und dann noch irgendwas von *streicheln* und *vögeln*. Die Analyse zeigt, daß Männer, ich meine, richtige Männer, sofern man solche Männer überhaupt als richtige Männer ...«

*»Theo.«*

»Männer schreiben *ficken. Bumsen*. Na gut, *bumsen* ist nicht eindeutig. Bei Männern kämen Formulierungen wie *stoßen* oder *knallen* vor und in jedem Fall Oralerotisches, also je nach Bildungsstand *blasen, ablutschen, russische Eier füttern* – was du willst. Außerdem verfügen Männer über eine Riesenauswahl an Vokabeln für ihren ... äh. *Schwanz, Schwengel, Kolben, Nille, Büch-*

*senöffner, Lanze, Horn, Rohr, Ständer* und so weiter... Ähnliches gilt für das weibliche Geschlechtsteil, das bevorzugt *Möse, Fotze* oder *Dose*... Augenblick, Victor... Was ist denn?... Was? Nein, Marie, ich spreche mit Victor... Ja, *natürlich* geht es um einen *Fall*... Tss... Entschuldige. Wo war ich?«

»Bei den weiblichen Geschlechtsteilen.«

»Ah ja... Äh, der Punkt ist, daß die Verfasser solcher Briefe normalerweise keine Romantiker sind. Sie träumen von einer Inbesitznahme, nicht von einer Verführung. Deswegen würde keiner von denen auf die Idee kommen, sich mit Streicheleinheiten aufzuhalten.«

»Verstehe. Dann suchen wir also nach einem geilen, ahnungslosen Zwölfjährigen oder einer rabiaten Lesbe.«

»Ja.«

»Na toll. Sonst noch was? Hat der Kleine ein Telespiel? Oder große Füße oder Pickel?«

»Pickel hat in dem Alter jeder.«

»Keine weiteren Anhaltspunkte?«

»Keine. Aber du solltest dir keine allzu großen Sorgen machen.«

»Wieso?«

»Sagt die Auswertung. Das Psychoanalyseprogramm stuft den Verfasser oder die Verfasserin als Vierer ein.«

»Und Vierer heißt was?«

»Harmloser Spinner.«

»Dein Wort in Gottes Ohr... Okay, Theo. Danke.«

»Gern geschehen.«

»Grüß Marie von mir... Bis dann...«

»Bis dann.« Sherman wollte gerade auf das Unterbrecherfeld drücken, als ihm etwas einfiel. »Halt... Theo?«

»Ja?«

»Eins noch. Hätte ich fast vergessen. Du ... hast doch gute Drähte zum Labor, oder?«

»Allerbeste, ja. Des Carter ist mein Schwager. Wieso?«

»Weil ich etwas brauche.«

»Und zwar?«

»Es gibt irgendwo einen Pralinenkasten. Aus dem Promp-Fall.«

»Der abgeschlossen ist.«

»Nein, noch nicht. Jedenfalls nicht für mich, und ich bin immer noch derjenige, der die Untersuchung leitet ... Paß auf, Theo, an dem Pralinenkasten war etwas befestigt, das abgerissen wurde. Ich brauche ein offizielles Untersuchungsprotokoll, in dem steht, daß sich an genau der Stelle, an der die Haftzwecke klebte, ein spiegelverkehrter Fingerabdruck befand.«

Phrast schwieg.

»Du weißt«, sagte Sherman, »wie so was aussieht. Man reißt die Haftzwecke vom Streifen, tippt sie sich kurz auf die Fingerspitze und befestigt dann eine Karte oder sonst was damit. Anschließend ist der Fingerabdruck drauf.«

»Aber doch nie auf dem Kasten.«

»Das weißt *du.*«

»Aber nicht derjenige, dem du das unterjubeln willst.«

»Haargenau.«

Für einige Sekunden herrschte Stille. Dann sagte Phrast: »Victor, was du da verlangst, ist absolut illegal. Das ist Manipulation von Beweismitteln ...«

»Ich brauche nur das Protokoll. Wir werden es später nicht verwenden. Es taucht nie wieder auf. Versprochen.«

Wieder schwieg Phrast. Dann sagte er: »Ich seh mal,

was ich tun kann. Aber das wird dich 'ne Kiste Whisky kosten.«

»Du kriegst zwei von mir.«

»Aber keinen Fusel.«

»Talisker?«

»Okay. Wenn nicht, laß ich dich auffliegen.«

»Danke, Theo.«

Sherman beendete die Verbindung, machte sich eine Notiz mit vielen Fragezeichen und tippte kopfschüttelnd Schneiders Nummer ein.

»Schneider.«

»Sherman.«

»Ah. 'n Abend, Inspector.«

»Was sagen die Studenten?«

»Wir haben inzwischen Engelbergs Adresse herausgefunden. Medizinstudent, genau wie Drent, aber damit hören die Gemeinsamkeiten auch schon auf. Der Junge scheint aus 'nem ziemlich guten Stall zu kommen. Sagt man jedenfalls. Apartment in der City, beste Wohngegend, fünf Minuten von der Uni entfernt. Die beiden hatten keinen besonders guten Ruf. Einige Studenten sagen, sie hätten auf eigene Faust experimentiert, andere sagen, sie hätten irgendwas Okkultes gemacht. Was dran ist, weiß ich natürlich nicht, aber wir sollten wohl mal mit dem Jungen reden.«

»Wird das Apartment überwacht?«

»Ja.«

»Benachrichtigen Sie mich, wenn er nach Hause kommt. Und überprüfen Sie seinen guten Stall.«

»Ist schon in Arbeit.«

»Gut. Dann genießen Sie jetzt Ihren Feierabend.«

»Gleichfalls.«

Anschließend saß Sherman ein Weilchen da und blätterte abwesend in dem Buch auf seinem Schoß. Er legte die CD ein, zappte sich durch stumme Fernsehprogramme und lauschte Wilks' gelassenem Spiel. Er ließ Raskolnikovs Leben neben den Sessel sinken und entspannte sich. Er wollte nichts mehr sagen und nichts lesen, also tippte er sich mit Hilfe der Fernbedienung durch die Kanäle. Die staatlichen Programme machten ihrem Ruf als geschlossene Anstalten alle Ehre und zeigten Fernsehfilme für die ganze Familie, die vor lauter Ausgewogenheit sämtliche Generationen kalt ließen. *Zapp.* Im Landesprogramm ausgestorbene Nashörner. *Zapp.* Veranstaltungstips im Stadtprogramm. Engtanzfete in der Sauna. *Zapp.* CLASSIC TV mit nachkolorierten Staubschinken, CHANNEL 7 mit Game-Show-Hintergrundberichten, ADULT-X mit dem üblichen Gehopse, sechs volle Sportkanäle, MTV mit hirnlosen Schnitten, Talkshows, Talkshows, Talkshows, auf RELA-TVT ein wahnsinnig beruhigendes, mit tropischen Fischen gefülltes Aquarium, diverse Virtuality-Game-Kanäle für abenteuerlustige Ersatzrealisten – und das NEWS-NET mit dem Ende der 22-Uhr-Nachrichten. Das dramatische Logo des CRIME REPORT segelte ins Bild. Sherman sagte »CD« und »Pause«. Dann tippte er den Fernsehton lauter.

»Guten Abend zum CRIME REPORT. Ich bin Terry Palmer. Wie wir soeben erfahren, wurde der Mörder des beliebten Quizmasters Rudy Promp vor einer knappen Stunde tot in seiner Zelle aufgefunden. Ein Kommentar der Behörden liegt bis zur Stunde nicht vor, aber es scheint, als sei man in dieser Stadt nicht einmal mehr im Gefängnis sicher.«

»Ach, halt die Schnauze«, sagte Sherman und drückte

den Zigarillo aus. Er wollte abschalten, ließ es jedoch bleiben, da jetzt sein Kopf und die Schlagzeile *Supercop am Ende* eingeblendet wurde.

»Inspector Victor Sherman, der unfähig war, den Promp-Mörder Benjamin Sternheim zu überführen, ist trotz massiver Kritik von Experten noch immer im Amt. Wie aus zuverlässiger Quelle verlautet, hat Sherman auch die Aufklärung des aufsehenerregenden Reißer-Falles nicht selbst geleitet, da er zum Zeitpunkt des Einsatzes gar nicht im Dienst war. Es scheint, als habe er sich lediglich mit diesem Fang schmücken wollen, um Medien, Öffentlichkeit und Polizeifachleute von seinem in jüngster Zeit totalen Versagen auf ganzer Linie abzulenken. Sollte sich dieser schwerwiegende Verdacht erhärten, wird Polizeipräsident Jennings keine andere Wahl mehr haben, als den einst hochgelobten Verbrecherjäger zu suspendieren. Sherman selbst war nicht zu einer Stellungnahme zu bewegen.«

Das nächste Thema folgte in Form bewegter Blutbilder von der Autobahn. Sherman schaltete den Schirm ab und stand auf.

Was zählte, war nicht die öffentliche Meinung. Was zählte, war Jennings, beziehungsweise das, was Jennings für die öffentliche Meinung hielt, und der Polizeipräsident war dumm genug, veröffentlichte und öffentliche Meinung zu verwechseln.

Palmer würde seine Kampagne fortsetzen. Das gehörte zu seinem Job, und seinen Job machte er gut. Daß es sich dabei um den beschissensten Job der Welt handelte, interessierte schon lange niemanden mehr.

*Maximal drei Tage,* dachte Sherman und ging sehr alt und grau und müde ins Bett.

# Glatteis mit Gefühl

Eine uniformierte Mischung aus Hausmeister, Affenwärter und Affe baute sich vor Sherman und Lyle auf, als die beiden das Kopf oder Zahl?-Studio betreten wollten.

»He. Kein Zutritt.«

»Und warum nicht?«

»Sehen Sie die rote Lampe?«

Sherman ließ dem Zeigefinger des Wichtigen einen Blick folgen.

»Ja«, sagte er, »sehe ich. Sehr schönes Rot. Machen Sie mal Platz.«

»Da drin wird aufgezeichnet.«

»Was denn?« Lyle zerquetschte seine Coke-In-Dose und sah sich nach einem Mülleimer um. »'ne Zombieshow? Rudy Promp präsentiert *Die Nacht der leitenden Reichen*?«

»Sie! Wer sind Sie überhaupt?« brüllte der Aufpasser, und Sherman kramte seufzend seinen Dienstausweis heraus.

»Inspector Sherman, CI-Central.«

»Oh. Entschuldigung. Konnte ich ja nicht wissen. Sir.«

»Dürfen wir jetzt rein?«

»Äh, nein.«

Zum Glück aller Beteiligten ging die rote Lampe in diesem Augenblick aus. Der Aufpasser warf ihr einen langen, skeptischen Blick zu, dann trat er beiseite, als habe man ihn seiner Lebensaufgabe beraubt.

»Danke«, sagte Sherman.

Als sie die Halle betraten, ordnete der hoch über ihnen

in einer Glaskabine schwebende Regisseur gerade eine fünfzehnminütige Pause an. Sherman entdeckte Miss Hagen, die auf der Bühne mit einem adretten jungen Grinser sprach, und schwamm gegen die aus der Halle strömenden Profiklatscher auf sie zu.

»Miss Hagen?«

»Moment... Oh, Inspector. Was tun Sie denn hier?«

»Können wir kurz reden?«

Sie warf dem Grinser einen unsicheren Blick zu. »Ich hätte eigentlich noch etwas mit...«

»Geht schon in Ordnung, Veronica«, sagte der Grinser mit einer Stimme, die garantiert jede Rentnerin schwach werden ließ, zwinkerte affektiert und ging weg.

»Wer ist das?« fragte Sherman. »Promps Nachfolger?«

»Einer der Kandidaten, ja. Wir machen gerade Probeaufnahmen.«

»Nehmen Sie den bloß nicht«, brummte Lyle und deutete mit dem Daumen über seine Schulter. »Außer guten Zähnen hat der nix im Kopf. Kapitaler Knieschuß – erkennt man sofort an der Gesichtslähme.«

Miss Hagen lächelte höflich.

»Sie lassen sich nicht viel Zeit«, sagte Sherman.

Miss Hagens Lächeln wurde sofort unhöflicher. »Die Konkurrenz schläft nicht, Inspector.«

»Da geht's der Konkurrenz wie mir. Wollen wir hier draußen weiterreden, oder können wir in Ihr Büro...?«

»Bitte«, sagte sie und ging voraus. Auf dem Weg schenkte sie einem Aufnahmeleiter ein wertloses Lächeln und vertröstete eine Maskenbildnerin mit knapper Gestik auf später; sie wirkte nicht wesentlich verkrampfter als eine Nonne beim Ladendiebstahl im Sexshop.

Sie betraten das Büro. Veronica Hagen schloß die Tür und nahm Platz. Sherman und Lyle setzten sich auf die Besuchersessel.

»Miss Hagen«, sagte Sherman, »ich will Sie nicht lange aufhalten. Ihr Kollege Smegma hat uns verraten, daß die Rechte an der Show-Idee nicht Ihnen *und* Promp gehörten, sondern Promp allein. Promps Testament weist Sie, seine Lebensgefährtin und Vertraute, als Alleinerbin seines Vermögens aus, also ist es Ihr gutes Recht, weiter zu produzieren.« Miss Hagen klappte den Mund auf, aber Sherman sprach weiter. »Promp wollte sich von Ihnen trennen und Dorothy Gale heiraten.«

»Dieses Flittchen war nur ein Abenteuer für...«

»Er wollte sein Testament ändern und er wollte mit der Show zu Smegma gehen, weil er sich von Ihnen nicht mehr vernünftig vertreten fühlte. Ich kann mir nicht vorstellen, daß diese Pläne Sie kaltgelassen haben. Sie hätten gleichzeitig Ihren Lebensgefährten und Ihren Job verloren, und mehr hatten Sie eigentlich nicht.«

»Ich...«

»Also haben Sie sich entschlossen, wenigstens Ihren Job zu retten, und der einzige Weg, das zu bewerkstelligen, war, Promp umzubringen.«

Sie sprang wütend auf. »Das ist ungeheuer...«

»Bleiben Sie sitzen, ich bin noch nicht fertig. Ihr Plan war nicht schlecht. Sie haben den Pralinenkasten in Promps Garderobe gestellt, eine süße Karte mit lieben Grüßen von Veronica draufgeklebt und diese Karte wieder entfernt, bevor die Maskenbildnerin Promp fand. Das war nicht besonders klug, denn wäre die Karte noch da gewesen, hätten wir wahrscheinlich gedacht, jemand wolle Ihnen die Geschichte anhängen.«

Sie sagte nichts. Sie starrte Sherman bloß wütend an.

»So weit, so gut. Das Dumme ist«, sagte Sherman, zog einen Ausdruck des Untersuchungsberichts heraus und legte ihn vor ihr auf den Schreibtisch, »daß Sie die Haftzwecke kurz am Finger hatten. Und daß Ihr Fingerabdruck nun an genau der Stelle ist, an der die Zwecke auf dem Kasten klebte.«

Sherman wartete, bis er sicher sein konnte, daß sie alles begriffen hatte und sich über die Konsequenzen klargeworden war. Dann sprach er langsamer und wesentlich sanfter weiter. »Daß die Presse Sternheim ins Spiel gebracht hat, wird Ihnen wie ein Geschenk des Himmels erschienen sein. Ich dachte anfangs, Sie hätten das selbst arrangiert, aber das haben Sie nicht...«

Sie betrachtete die Schreibtischplatte, schüttelte abwesend den Kopf und schwieg.

»Sternheim hat sein Geständnis kurz vor seinem Tod widerrufen.«

Veronica Hagen warf den beiden einen kurzen Blick zu. Lyle setzte ein breites, brutal unschuldiges Lächeln auf. Sherman fuhr fort.

»Er wollte die Schuld auf sich nehmen, weil er nach spätestens zehn Jahren wieder freigekommen wäre und dann mit dem Honorar für die Exklusivstory neu hätte anfangen können. Leider hat er Promps Popularität unterschätzt. Miss Hagen?«

»Ja?«

»Ich möchte Ihnen einen Vorschlag machen.« Sherman ließ sich leicht zurücksinken. »Ich bin Polizist, aber ich bin kein Unmensch. Wäre ich in Ihrer Situation gewesen, hätte ich Promp wahrscheinlich auch umgebracht.«

Wieder ließ Sherman eine Pause folgen. Veronica Hagen sah ihn aus großen, hoffnungsvollen Augen an.

»Er hat sich wie das letzte Schwein verhalten«, sagte Sherman.

»Ja«, sagte sie und nickte. Sie senkte den Kopf. »Ich war so ... enttäuscht. Und so wütend. Ich ... ich hätte darüber nachdenken sollen, aber das ... das konnte ich nicht.«

Sherman sagte, was ihr Blick verlangte. »Verständlich.«

»Und als dieser ... Sternheim plötzlich sagte, er sei es gewesen, da wußte ich überhaupt nicht mehr, was ich machen sollte ...«

»Hören Sie, Miss Hagen.« Sherman beugte sich vor. »Ich hätte auch mit einem Haftbefehl herkommen und Sie abholen können. Aber das wollte ich nicht.« Er sah ihr tief in die verwirrten Augen. »Die Öffentlichkeit glaubt noch immer, Sternheim sei Promps Mörder. Ich habe den Widerruf des Geständnisses zurückgehalten, um Ihnen eine Chance zu geben, sich zu stellen.«

»Sie ...«

»Ja.« Er nickte. »Wenn Sie eine Pressekonferenz einberufen und erklären, daß Sie Promp getötet haben, weil Sie enttäuscht und verwirrt und nicht im Vollbesitz Ihrer geistigen Kräfte waren, wird Ihre Strafe wesentlich geringer ausfallen als bei einer Verhaftung. Darüber hinaus wird die Öffentlichkeit Verständnis für Sie haben, vor allem die Frauen. Deshalb bin ich ohne Haftbefehl hier.« Sherman stand auf. »Sie haben bis heute nachmittag Zeit, sich zu entscheiden. Sollte ich in den 18-Uhr-Nachrichten nichts von Ihnen sehen, müßten wir leider wiederkommen. Das täte mir sehr leid.«

»Nein ... ja ... Sie ... Aber ...« Sie sah ihn fassungslos an. »Warum ... tun Sie das?«

»Weil ich ein Herz habe. Und weil ich die Narben darin manchmal noch spüre. Aber behalten Sie das für sich.«

Und ohne ein weiteres Wort wandte er sich ab, ignorierte ihr tonlos in seinen Rücken gehauchtes »Danke«, winkte Lyle aus dem Büro und schloß die Tür von außen. Sie gingen durch das Studio auf den Ausgang zu.

»Mann«, zischte Lyle kopfschüttelnd, »du bist echt das gerissenste Arschloch, das ich kenne.«

»Man tut, was man kann«, sagte Sherman.

## Knall & Rauch

»Willst du wirklich nichts?«

»Nein.«

»Keine Blaubeer-Quiche? Oder wenigstens 'n Kaffee?«

»Okay, Lyle, bring mir einen Kaffee mit. Aber beeil dich.«

Lyle stieg aus und hastete auf den kleinen Carry-Quiche-Stand an der Ecke Pasteur- und Ogilvy-Allee zu.

Biiiiep.

»Ja, Sarah?«

»Schneider für Sie, Inspector.«

»Danke. Schneider?«

»Tag, Sir. Wir haben den Jungen.«

»Den Freund von Drent?«

»Ja. Ist gerade wieder nach Hause gekommen. Schimpft jetzt wie ein Schwarm Rohrspatzen, weil er angeblich zu einer Vorlesung muß.«

»Lassen Sie ihn weiterschimpfen. Wir kommen gleich raus.«

Sherman sah hinüber zu Lyle, der noch immer in der Schlange vor dem Carry-Quiche-Stand wartete. Er überlegte kurz, ob er ihn rufen sollte, dann ließ er die Seitenscheibe in die Tür gleiten und zündete sich einen Zigarillo an. Der Medizinstudent lief ihnen nicht mehr weg. Sherman nahm einen Zug und hängte Arm und Zigarillo in die warme Sommerluft über dem Fußgängerrollband. Auf der Ogilvy staute sich der Verkehr. Zwar verfügte jedes einzelne Mobil ab Werk über ein integriertes Anti-Kollisions- und Verkehrsleitsystem, nur war es nicht gesetzlich verboten, per Hand zu steuern. Sherman konnte sich zusammenreimen, daß im Laufe des Tages wieder mal irgendein Experte über die Medien verbreitet hatte, der Mensch habe im Kampf gegen die allgegenwärtige Technik endgültig den kürzeren gezogen, denn wann immer jemand das behauptete, bewiesen sämtliche Mobilisten das Gegenteil, indem sie mutwillig kilometerlange Staus auf allen Ausfallstraßen herbeiführten.

Sherman wollte sich den Zigarillo gerade wieder an den Mund führen, als ihn völlig unvermittelt etwas Schweres an der Hand traf. Er jaulte überrascht auf, ließ den Zigarillo fallen und drehte sich ruckartig um. Vor ihm stand ein vollbärtiger Fußgänger in offenbar selbstgenähter, sackartiger Hose und häßlichem Wollpullover. Er hielt den Stock, mit dem er Sherman geschlagen hatte, fest umklammert, und funkelte sein Opfer zornig an.

Sherman hielt sich die Hand und funkelte zornig zurück. »Sag mal, spinnst du, Kerl?«

»Rauchen verboten!«

*»Was?«*

»Rauchen ist *ver-bo-ten*. Draußen. Ja, gucken Sie mich nicht so an, nicht. Nur in Privatwohnungen erlaubt. Und in Mobilen. Aaaaber: *geschlossenen*! Rauchen.«

»Und deshalb dreschen Sie mir einen Stock auf die Hand?«

»Tja, wer nicht hören will, muß fühlen. Freuen Sie sich man lieber, daß ich keine Anzeige erstatte. Könnte ich nämlich, ja. Wäre mein gutes Recht.«

Sherman stieg aus.

»Jetzt paß mal auf ...«

Lyles Rückkehr bewahrte den militanten Nichtraucher vor einer gebrochenen Nase.

»He, Sherm, was'n los?«

»Dieser Hirntote hat mir fast die Hand gebrochen.«

»Der hat geraucht«, sagte der Hirntote.

Lyle musterte ihn kauend, während er Sherman den bestellten Pott Kaffee in die Hand drückte. »Krieg dich wieder ein, Sherm. Sieht man doch gleich, daß der 'n nassen Hut auf hat: Liebt seine Mutter, hat 'n ganz doll ehrliches Verhältnis zu 'ner Frau, die aussieht wie'n Grubenunglück, studiert seit hundertvier Semestern Kulturpädagogik und gibt Bowlingkugeln zurück, weil sie Löcher haben.« Er betrachtete den Pullover und verzog das Gesicht. »Strickst du dir den Scheiß selber, Männlein?«

»Rauchen verboten«, sagte das Männlein unsicher.

»Laß dir Henkel an die Birne schweißen«, sagte Lyle. »Dann kannst du wenigstens Tulpen drin züchten.« Er wandte sich ab, biß in seine Blaubeer-Quiche, wanderte kauend um das Mobil herum und stieg ein. »Laß ihn leben, Sherm.«

»Hast recht«, seufzte Sherman und öffnete die Tür, »den Unterschied würde ja sowieso keiner bemerken.«

»Ich rufe die Polizei!« rief das Männlein mit neuem Mut.

»Bißchen spät«, rief Sherman zurück, und Lyle fuhr los.

## Engelberg, das Arztgesicht

Thomas Engelberg bewohnte ein geräumiges, luxuriös eingerichtetes Apartment in der Einstein-Straße, nicht weit von der Uni entfernt. Als Sherman und Lyle eintraten, saß der junge Mann sichtlich genervt in einem seiner drei Designersessel und trommelte mit den Fingerspitzen einen häßlichen Rhythmus auf die Lehne. Er trug ein buntes Hemd und eine Bundfaltenhose. Seinen überzeugend arroganten Gesichtszügen nach zu urteilen, hatte er die neureiche Borniertheit schon mit der Muttermilch eingesogen.

»Thomas Engelberg?« sagte Sherman.

»Ja.« Engelberg stand auf. »Und wer sind Sie, wenn ich fragen darf?«

»Inspector Sherman, CI-Central ...«

»Dann sind Sie der Chef von der Pfeife da?« Er deutete auf Schneider und deutete dann erst mal auf gar nichts mehr, weil Lyle ihn versehentlich mit einem rüden Rempler an die Wand beförderte.

»Hey!« protestierte Engelberg.

»Wehgetan?« fragte Lyle.

»Was glauben Sie eigentlich ...«

Lyle schubste ihn noch mal gegen die Wand. Engelberg hielt sich die Nase, glotzte die drei Männer verdutzt an und verkniff sich weitere Proteste.

»Sie kannten Peter Drent?« fragte Sherman.

»Was? Ja.«

»Gut?«

»Geht so.«

»Sie waren sein bester Freund?«

»Wer sagt das?«

»Behalten Sie meinen Mund im Auge. Sie waren sein bester Freund?«

»Wir haben ab und zu was zusammen gemacht, ja.«

»Zum Beispiel mit Innereien rumgespielt.«

»Nein. He, was soll der Quatsch...«

»Ihr bester Freund hat sechs Menschen getötet und ausgenommen. In seiner Wohnung haben wir sechs Lebern gefunden, aber leider nichts anderes. Jetzt sind wir natürlich neugierig, was wohl mit dem Rest passiert ist.«

»Und woher soll ich das wissen?«

»Zum Beispiel von Drent.«

»Nein.« Engelberg ging vorsichtig an Lyle vorbei und setzte sich wieder hin. »Tut mir leid. Keine Ahnung. Kann ich jetzt gehen? Ich verpasse gerade eine Vorlesung...«

»Nicht so schlimm«, sagte Lyle. »Ich hab nicht mal studiert.«

Sherman nutzte Engelbergs Verwirrung. »Einige Ihrer Kommilitonen behaupten, Sie und Drent hätten ständig zusammengehockt und schwarze Messen veranstaltet.«

»Quatsch. Wir haben zusammen gearbeitet und gelernt.«

»Waren Sie mal bei ihm?«

»Klar.«

»Hatte 'ne hübsche Wohnung. Fast so schön wie Ihre.«

»Und?«

»Woher hatte er das Geld?«

»Weiß ich das?«

Lyle schüttelte bedauernd den Kopf. »Sherm, so wird das nichts. Wenn du mich fragst, hat der kleine Popper sich lange nicht mehr von innen gesehen.«

»Hey!« Engelberg streckte die Arme aus. »Okay. Lassen Sie den nicht an mich ran. Ich weiß es nicht. Er hatte es einfach.«

»Schon immer?«

»Ja. Nein. Also, in letzter Zeit hat er sich 'ne Menge Zeug gekauft.«

»Und Sie haben nicht den blassesten Schimmer, woher er das Geld hatte, obwohl Sie mit ihm gearbeitet und gelernt haben?«

»Nein. Kann sein, daß er noch irgendeinen Job hatte.«

»Haben Sie einen Terminkalender?«

»Was? Ja.«

»Hergeben.«

Engelberg ging an seinen Schreibtisch, gab Sherman den Kalender und trat zurück. »Was ...?«

»Schneider, notieren Sie sich, was der junge Mann laut Kalender vor, während der und nach den Mordtagen gemacht hat.«

Schneider setzte sich und kopierte die Eintragungen.

»Schöne Wohnung«, sagte Sherman zu Engelberg.

»Danke.«

»Wie kann sich ein Student so was leisten?«

»Meine Eltern unterstützen mich.«

»Müssen ordentlich verdienen. Was macht Ihr Vater?«

»Führt den Haushalt.«

»Und Ihre Mutter?«

»Leitet Clinicsupport.«

»Was ist das?«

»Eine Firma. Wir stellen medizinische Geräte her.«

»Erfolgreich?«

»Ja.«

»Und Sie wollen die Firma nicht übernehmen?«

»Mal sehen. Erst mal will ich Internist werden. Wenn man mich läßt.«

»Man läßt Sie«, sagte Sherman, während Schneider Engelberg den Kalender in die Hand drückte. »Sie hören von uns. Und wenn Sie die Stadt verlassen wollen, melden Sie sich vorher bei uns ab.«

»Andernfalls«, fügte Lyle im Hinausgehen hinzu, »solltest du auf Zahnmedizin umsatteln.«

## Ein bescheidener Erfolg

»Haben Sie's schon gehört?«

»Was denn, Sarah?«

»Promps Managerin hat sich gestellt. Völlig überraschend. Sie hat eine Pressekonferenz einberufen und – live – ein volles Geständnis abgelegt.«

»Wirklich?« sagte Sherman. »Ist ja sagenhaft.«

»Und ob. Die Jungs vom NEWS-NET drehen natürlich durch. Die waren immer noch dabei, Sensationsberichte über Sternheim zu bringen, und bumms! schmeißt die Hagen ihnen alles über den Haufen.«

»Tja. Wer hätte das gedacht, was, Lyle?«

»Also, ich hatte so einen *leisen* Verdacht.«

Sherman wandte sich wieder Sarah zu. »Weshalb hat sie sich denn gestellt?«

»Ach. Irgendwie muß es ihr leid getan haben. Ich hab's nicht ganz mitgekriegt, weil ich ja nebenbei auch noch arbeiten mußte, aber sie hat irgendwas von Gewissen und Herz gesagt, und daß sie furchtbar traurig war und enttäuscht. Und so. Dieser Promp war wohl ein ziemliches Schwein, oder?«

»Kann man sagen, doch.«

»Glauben Sie, daß sie mildernde Umstände kriegt?«

»Wie gehen denn die Medien mit ihr um?«

»Freundlich.«

»Dann kriegt sie mildernde Umstände.«

»Mmh. Hat sie auch verdient. Finde ich. Immerhin hat sie sich freiwillig gestellt.«

»Immerhin.« Sherman lächelte. »Sagen Sie Jennings, daß der Fall abgeschlossen ist – falls er's noch nicht gelesen hat. Geben Sie den Bericht ein?«

»Ist schon in Arbeit...« Biiiep. »Entschuldigung...«

Sarah wandte sich wieder ihrer Schaltzentrale zu und nahm die Meldung einer Streife entgegen.

Lyle ging neben Sherman her auf dessen Büro zu.

»Nicht schlecht... aber wenn das rauskommt, kriegst du Ärger bis hier.« Er hielt sich die ausgestreckte Hand an den Hals.

»Was soll rauskommen?« Sherman schloß die Tür. »Der Fall ist erledigt. Sie wird nicht erfahren, daß der Beweis keiner war, weil sie mit niemandem darüber sprechen wird. Wir haben ein Geständnis. Wie das zustande gekommen ist, ist doch völlig egal.« Er hängte seinen

Mantel an den Haken und ließ sich zufrieden in den Sessel fallen.

»Ich kann mir nicht helfen«, sagte Lyle kopfschüttelnd, »aber irgendwie ist das nicht die feine Art.«

»Es geht nicht um die feine Art, Lyle«, sagte Sherman, schloß den Fall damit endgültig ab und beugte sich vor. »Reden wir mal über die wichtigen Dinge.«

»Genau. Wo und was essen wir heute?«

»Du kümmerst dich um Engelberg. Setz dich mit Schneider zusammen und sieh dir diese Firma an.«

»Clinicsupport.«

»Ja. Ich will alles über die Firma und die Frau und den Mann wissen, was du kriegen kannst. Bilanzen, Beteiligungen, Tochtergesellschaften, Produkte, Gerüchte; von den Engelbergs Herkunft und Lebensgeschichte, Skandale und fleckige Westen. Außerdem möglichst viel über den Sohn. Geh noch mal mit Schneider durch, was seine Kommilitonen gesagt haben, vielleicht findet ihr ja was.«

»Wieso beißt du dich so fest?«

»Weibliche Intuition. Dieser Designerfurz hat nicht mal mit der Wimper gezuckt, als ich ihm erzählt habe, daß sein Freund sechs Leute ausgenommen hat.«

»Wußte er wahrscheinlich schon.«

»Ja, seit gestern, wenn er da, wo er war, ferngesehen hat. Trotzdem hätte er ein bißchen schockierter sein können.«

»Ist was dran. Gut, ich kümmere mich drum. Und was machst du?«

»Jemandem einen Gefallen tun.«

»Wem?«

»Geht dich nichts an.«

»Wem?«

»Geyser.«

Lyles Magen knurrte laut.

»Ich erzähl's dir später«, nickte Sherman. »Ist schon recht. Geh essen. Und bring mir was mit. Eine kleine Portion.«

Lyle stand auf und ging zur Tür. »Vier Doppel-Burger?«

»Eine *kleine* Portion.«

»Das *ist* eine kleine Portion.«

## Paralleler Datendrang

Zwei plattgedroschene Rinderreste später saß Sherman mit gerunzelter Stirn vor dem Bildschirm und studierte die Personalkartei der parlamentarischen Garde. Wer eingestellt werden wollte, mußte nicht nur selbst eine blütenweiße Weste haben, sondern zudem nachweisen können, daß auch seine nächsten Verwandten sich nichts hatten zuschulden kommen lassen. Den Personalunterlagen nach zu urteilen, war es ein Wunder, daß man die drei erschossenen Geiselgangster und ihre Familien nicht längst heiliggesprochen hatte. Sie waren nicht einmal in der Verkehrsdatei eingetragen. Keiner von ihnen. Das konnte bedeuten, daß sie sehr plötzlich ihren Hang zur Kriminalität entdeckt hatten, aber wahrscheinlicher war, daß die Daten nicht stimmten. Sherman notierte sich den Namen des Personaloffiziers, der die Einstellungsgespräche geführt und die Angaben der drei Heiligen überprüft hatte. Felix Trelain.

Er ließ sich von Sarah mit Oberst Neck verbinden, dem

Mann, der den Einsatz im Parlament geleitet hatte. Er fragte ihn, weshalb man zunächst davon ausgegangen war, die Geiselgangster seien vermint. Neck sagte, die Information sei in der anfänglichen Hektik aus der Zentrale der Parlamentskräfte gekommen und habe sich nach einiger Zeit als falsch erwiesen. Sherman fragte, wer der Informant gewesen war. Neck ließ es überprüfen. Es überraschte Sherman nicht besonders, den Namen Trelain zum zweiten Mal in sehr kurzer Zeit zu hören. Er fragte, ob die Zusammenarbeit mit den Parlamentsgruppen gut gewesen sei. Neck bejahte ausdrücklich und fragte Sherman, weshalb er frage. Sherman gab eine ausweichende Antwort und mußte sich daraufhin einen dreiminütigen, scharfen Vortrag betreffend Loyalität und Logistik im allgemeinen und beschissene Schnüffeleien von blutigen Laien im besonderen anhören. Sherman dankte dem Oberst trotzdem und legte auf.

Nachdem er Necks Namen notiert und mit zwei dikken Fragezeichen versehen hatte, ließ er sich das gesamte Bildmaterial aus den Überwachungskameras überspielen. Das dauerte zehn Minuten. Es zu sichten, dauerte trotz des Schnellvorlaufs fast eine Stunde, und natürlich fand Sherman erst am Ende, was er gesucht hatte.

»Was guckst'n da?« fragte Lyle, der gerade mal wieder mit einem Becher Kaffee und mehreren Kuchenstücken in sein Büro zurückkehrte.

»Video.« Sherman spulte zurück. »Sieh dir das mal an.«

Lyle setzte sich auf die Schreibtischkante und begann zu essen. Sherman drückte auf die Starttaste. Sie sahen sich die Erschießung der drei Gangster an.

»Und?« fragte Lyle.

»Fällt dir was auf?«

»Nö.«

»Sieh's dir noch mal an.«

Sherman spulte zurück und wiederholte die Szene.

»Er will Himmer erschießen«, sagte Lyle.

»Stimmt. Er geht auf Himmer zu, er droht ihm, er dreht sich um, und die Sturmgruppen grillen seine Freunde. Er dreht sich wieder um und will Himmer erschießen.«

»Ja. Und?«

»Warum?«

»Was, *warum*?«

»Warum Himmer? Warum erwidert er das Feuer nicht? Warum zielt er nicht auf die Klimaschlitze und schießt wenigstens zwei, drei von den Angreifern ab?«

»Keine Ahnung.« Lyle zuckte die Achseln. »Wahrscheinlich, weil er weiß, daß es vorbei ist. Und weil er jemanden Wichtigen mitnehmen will.«

»Warum Himmer?«

»Warum soll er den Verkehrsminister erschießen, wenn er den Präsidenten vor der Nase hat?«

»Er weiß, daß es vorbei ist, dreht sich um und zielt auf Himmer. Und sieh dir bitte mal das Gesicht an.«

Sherman ließ die Szene erneut laufen. Lyle zuckte erneut die Achseln. »Kann man doch kaum erkennen auf die Entfernung. Er sieht wütend aus. Normal, würde ich sagen. Er wird sich drauf verlassen haben, daß Himmer dafür sorgt, daß man seine Forderungen erfüllt.«

»Genau so sieht er aus«, sagte Sherman.

Lyle sah ihn sehr, sehr skeptisch an. »Normal, oder?« sagte er.

»Nein«, sagte Sherman. »Paß auf, nehmen wir mal an...«

Biiieep.

»Sir?«

»Ja, Sarah?«

»Der Bürgermeister.«

»Moment.« Er verschob alle Erklärungen mit einem kurzen Nicken auf später. Lyle stand auf, biß ein Kuchenstück kaputt und trottete ins Nebenzimmer, wo Schneider vor einem Bildschirm hockte und telefonierte.

»Ja«, sagte Sherman. »Stellen Sie ihn durch... Sherman.«

»Geyser. Guten Tag, Inspector.«

»Tag, Sir. Ich bin leider noch nicht fündig geworden.«

»Deshalb rufe ich nicht an. Ein Bote von Trottenolms Notar brachte mir gerade ein Päckchen mit Unterlagen. Dürfte ich das an Sie weiterleiten? Vielleicht ist etwas Wichtiges dabei.«

»Haben Sie sich das Zeug angesehen?«

»Flüchtig. Es sind Papiere... Nachrichten, Kommentare, Berichte...«

Sherman hörte, wie Geyser blätterte.

»Kurzmeldungen, teilweise sehr alt... alles mögliche. Über die Situation im Gesundheitswesen, über die Kassen... ich verstehe das nicht.«

»Schicken Sie's rüber. Wir werfen mal einen Blick drauf.«

»Ich schicke gleich einen Boten.«

»Äh... hat er Ihnen das Zeug *vererbt*?«

»Ja. Die Formulierung war etwas seltsam. Er meinte, ich könne mehr damit anfangen als Karla. Das ist seine Frau. Der Wortlaut war... Moment... *Man kann nie sicher sein, was wem in die Hände fällt, alter Freund, deshalb: Sieh Dich vor. Und falls Dich doch die (gefährliche) Neugier packt, denk an die Abschiedsworte unseres dänischen Freundes.*«

»Und?«

»Bitte?«

»Na, was waren die Abschiedsworte?«

»Das weiß ich nicht.«

»Aber Sie und Trottenolm *haben* einen gemeinsamen dänischen Freund?«

Lyle tauchte im Türrahmen auf und bedeutete Sherman, er solle bitte im Anschluß an das Telefonat ins Nebenzimmer kommen.

»Äh, nein«, sagte Geyser. »nicht, daß ich wüßte. Natürlich kenne ich einige Dänen, aber ... nein.«

Sherman nickte Lyle zu.

»Sind Sie noch da?« fragte Geyser.

»Äh, was? Ja. Der finnische Freund.«

»Der dänische Freund.«

»Stimmt, ja. Und Sie wissen nicht, was das bedeuten soll?«

»Nein. Aber es muß irgendwas bedeuten, oder?«

»War Trottenolm in psychiatrischer Behandlung?«

»Nein.«

»Dann muß es etwas bedeuten. Falls Ihnen etwas dazu einfällt, geben Sie mir bitte Bescheid. Und schicken Sie mir die Unterlagen rüber.«

»Das mache ich. Viel Erfolg.«

»Danke.«

Sherman legte auf und ging ins Nebenzimmer. Lyle beschäftigte sich mit dem letzten Kuchenstück, Schneider beschäftigte sich mit dem Bildschirm.

»Und?« fragte Sherman.

»Waff wiff wu wiffen?« mampfte Lyle.

»Alles. Aber nicht aus vollem Mund.« Er wandte sich Schneider zu. »Was haben Sie?«

»Einiges. Erstens: der Terminkalender. Engelberg hatte an den gleichen Tagen Termine wie Drent, allerdings nicht mit *E*, sondern mit *M*. Wenn wir davon ausgehen, daß das *E* in Drents Kalender für Engelberg stand, wäre *M* derjenige, mit dem sich beide getroffen haben.«

»Und es hieße, daß Engelberg Drent zu *M* mitgenommen hat, also Drent *M* nur durch Engelberg kannte.«

»Sonst hätte Drent selbst *M* geschrieben, ja.«

»Mmh. Und die Firma?«

»Bin ich noch dran. Fest steht jedenfalls, daß Clinicsupport nicht kleckert. Ich bin noch immer nicht fertig mit den Beteiligungen.«

»So groß?«

»Ziemlich.« Schneider betätigte eine Taste und las vom Bildschirm ab: »Zwanzigprozentige Beteiligung an DOCTOR'S WORLD – das ist eine pseudomedizinische News-Man-Sparte; machen viel über Populärmedizin. Und Golf. Vierzig Prozent von DENTAL RESEARCH, zahnmedizinische Forschung, dazu noch mal eine dreißigprozentige Beteiligung an NEW HOPE, einer Privatklinikkette. Tochtergesellschaften: CREATURE AID – klingt gut, ist aber eine Tierversuchsanstalt, MED-CLEANERS, Reinigung von medizinischen Geräten, BODMER, BODMER & HANSEN, ein kleines US-amerikanisches Labor, spezialisiert auf Molekularchirurgie, dazu zehn Prozent von ASKLEP TRAVEL, einer Reiseagentur. Speziell für Mediziner. Sollten wir vielleicht mal dem Kartellamt stekken.«

Sherman nickte anerkennend. »Schön. Versuchen Sie, uns einen Termin mit der Engelberg zu besorgen. Die Frau sollten wir uns mal aus der Nähe ansehen.«

Schneider nickte. »Okay.«

Sarah öffnete die Tür zu Shermans Büro und kam auf die drei Männer zu. Sie überreichte Sherman einen flachen Plastikkarton.

»Das kam eben per Boten. Vom Bürgermeister.«

»Danke, Sarah.«

Während sie wieder verschwand, stellte Sherman den Kasten neben Lyles leergefressenem Teller auf den Tisch und riß ihn auf. Er blätterte in den Unterlagen.

»Was ist das?« fragte Lyle.

»Unterlagen von Geyser.« Sherman blätterte weiter. »Komisch.«

»Was?«

»Wieso hat Trottenolm sich so für's Gesundheitswesen interessiert? Das war doch gar nicht sein Fachgebiet.«

»Jeder Mensch hat Hobbys.«

Sherman verdrehte die Augen. »Klar, Lyle. Der Mann sammelt Zeitungsausschnitte und vererbt sie dann einem alten Parteigenossen, der sich nicht die Bohne dafür interessiert...« Sherman zog einen der Ausdrucke aus dem Kasten. Er sah Schneider an. »Haben Sie nicht eben was von NEW HOPE gesagt?«

»Doch.« Schneider sah wieder auf den Schirm. »Privatkliniken. Vierzig Prozent der Anteile gehören Clinicsupport.«

»Merkwürdiger Zufall.«

»Äh, Sherm?« sagte Lyle grinsend.

»Ja?«

»Der Mann hat Schnipsel übers Gesundheitswesen gesammelt.«

»Und?«

»Das ist nicht *merkwürdig*. Das, was du da hast. Du könntest dir genausogut ne Sammlung Footballbildchen ansehen und es merkwürdig finden, daß der Sammler Bilder von jeder Mannschaft hat.«

»Deine Vergleiche werden von Tag zu Tag beschissener.«

»War nur ein Hinweis.«

»Ich versuche zu arbeiten«, sagte Sherman scharf. »Während du versuchst, die Bäckereien dieser Stadt in Grund und Boden zu fressen. Also verschon mich mit deinen Bemerkungen.«

»Schlecht geschlafen?«

»Ja«, sagte Sherm. »Schneider, beschaffen Sie uns einen Termin mit dieser Medizintante. Und du, Lyle, kommst mit.«

»Wohin?«

»Zu Felix Trelain. Kleines Gespräch über Einstellungsmethoden.«

»Wahnsinnig interessantes Thema.«

## Ein Freund fürs Leben

»Es war perfekt vorbereitet.« Trelain machte eine halb entschuldigende, halb aggressive Geste mit der Linken und bohrte einen ernsten Blick in die Augen des unverschämten Fragers. Sherman entschuldigte sich nicht. Er nickte bloß und hielt dem Blick des Offiziers stand.

»Und Sie fanden daran nichts komisch. An den Informationen.«

»Komisch, Inspector, finde ich derartige Dinge nie. Ich habe mich gewundert, ja. Und ich habe die Angaben überprüft. Ich habe mich persönlich bei den entsprechenden Stellen informiert.«

»Wo genau?« Sherman gab Lyle ein Zeichen, und Lyle zückte sein Notepad. Trelain runzelte die Stirn.

»Was soll das?« fragte er.

»Was?«

»Diese Fragen.«

»Wir versuchen bloß, etwas über die Leute herauszufinden, die Trottenolm erschossen haben.«

»Nein«, Trelain schüttelte den Kopf. »Sie versuchen etwas anderes. Und das lassen Sie gefälligst. Wie ich Ihnen schon sagte: Die Männer waren sauber, so weit wir das überprüfen konnten, also bestand kein Grund, sie nicht einzustellen.«

»Gut«, sagte Sherman. »Woher kam die Information, die Geiselgangster seien vermint?«

»Das weiß ich nicht. Vielleicht haben sie das selbst behauptet. Vielleicht hat jemand etwas falsch verstanden.«

»Aber wenn Sie und Oberst Neck nicht davon ausgegangen wären, die Burschen seien vermint, hätte man das Parlament schon viel früher stürmen können. Richtig? Und dann wäre Trottenolm noch am Leben.«

Wieder runzelte Trelain verärgert die Stirn.

»Ja, Inspector. Ja. Solche Dinge *passieren*. Offenbar nicht in Ihrer *perfekt* organisierten Abteilung, sonst käme Ihnen das nicht merkwürdig vor. Aber *wir* waren auf die Situation nicht vorbereitet.«

»Warum haben Sie die Informationen nicht überprüft, bevor Sie sie an Neck weitergegeben haben?«

»Weil ich dazu keine Zeit hatte. Und weil ich verhindern wollte, daß alle Beteiligten in die Luft fliegen.«

Sherman betrachtete seine Fingernägel. So abwegig war das gar nicht. An Trelains Stelle hätte er sich nicht anders verhalten. Und an Trelains Stelle hätte er auch nicht anders reagiert, wenn man ihm plötzlich einen blöden Bullen auf den Hals gehetzt hätte. Er sah wieder auf.

»Danke«, sagte er und erhob sich.

Trelain nickte kurz.

»Ein guter Rat, Inspector...«

»Ich höre.«

»Übertreiben Sie's nicht. Sie wollen etwas aufklären, was nicht aufzuklären ist. Der Einsatz war unter den gegebenen Umständen perfekt koordiniert. Daß Trottenolm gestorben ist, tut uns allen leid, aber immerhin gab es nicht mehr Tote. Das ist Necks Verdienst. Und wenn Sie jetzt verdienten Offizieren etwas unterstellen...«

»Trinken Sie mal was, Sie fusseln«, sagte Sherman, wandte sich ab und verließ, gefolgt von Lyle, Trelains Büro. Er hörte das wütende Schnauben des Offiziers durch die geschlossene Tür.

»Jetzt hast du wieder einen Freund mehr«, sagte Lyle.

»Freunde kann man nie genug haben«, sagte Sherman.

# Sperrfeuer & ein alter Däne

»Ich will alles über Trelain und Neck haben, was du kriegen kannst.« Sherman ließ die Tür des Mobils aufgleiten und stieg ein. »Und über die Familien der beiden. Omas, Opas, Kinder, Frauen, Bastarde, Haustiere, Konten, Häuser, Urlaubsreisen, alles, was teuer ist...«

Lyle setzte sich behutsam hinter den Lenkknüppel. »Äh. Ja, Sherm...«

»Und erkundige dich beim Einwohneramt, bei der Abteilung für Führungszeugnisse und beim Finanzamt, ob Trelain die Daten dieser Burschen wirklich überprüft hat...«

»Ja, Sherm...«

»Und...«

Biiiep. Sarahs Gesicht erschien auf dem Monitor.

»Scheiße. Ja, Sarah, was ist denn?«

»Inspector, der Chef möchte Sie sehen.«

»Wir sind unterwegs.«

»Äh... schalten Sie vorher mal das News-Net ein. Der Crime Report wird gleich wiederholt.«

»Ich-bringe-dieses-Arschloch-um«, knirschte Sherman. »Danke, Sarah.«

Während Lyle auf die Schnellstraße einbog, klickte Sherman das Gerät in der Konsole an, wählte den News-Kanal und drehte den Ton auf. Der Werbeblock endete mit einem Spot für Kunstrasen: Auf herrlich grünem Untergrund balgten ein Modellathlet und drei halbnackte, willig grinsende Mädchen um einen Volleyball. Alle vier schienen sich aus unerfindlichen Gründen prächtig zu amüsieren, und dazu behauptete ein witziger Off-Sprecher: *Professionals do it on – R-Turf-Icial.* Es war ein deprimierend dämlicher Spot. Noch deprimierender als der Spot selbst war allerdings die Tatsache, daß das Ding schon seit Monaten lief, denn das mußte bedeuten, daß es tatsächlich Menschen gab, die auf seine leeren Versprechungen hereinfielen, mithin noch wesentlich dämlicher waren als der Spot.

Das dramatische Logo des CRIME REPORT segelte ins Bild, dann tauchte Palmers Oberkörper auf. Schräg hinter ihm hing die Schlagzeile *Wie lange noch?* im Raum, darunter befand sich ein ausgesucht brutaler Schnappschuß von Sherman. Lyle pfiff leise.

»Konzentrier dich aufs Fahren, ja.«

»Ja, Sherm«, seufzte Lyle und sah nach vorn.

»Guten Tag. Ich bin Terry Palmer. Sie sehen den CRIME REPORT. Trotz des zunehmenden öffentlichen Drucks hält Polizeipräsident Jennings an *Supercop* Victor Sherman fest.« Bilder von Demonstranten flackerten über den Schirm. Sie trugen ihre Forderungen auf Transparenten vor sich her: *Schluß mit dem Filz!, Stoppt Sherman!, Weg mit dem Flopcop!, Gute Bürger fordern gute Polizisten!.* Es waren höchstens fünfzig Menschen, aber die Bilder waren exzellent montiert. »Tausende von Bürgern demonstrierten heute in der Innenstadt gegen die starre Haltung des Senats und der Polizeiführung. Auch Chief Jennings' Stuhl scheint inzwischen nicht mehr sicher zu stehen. Wie wir bereits in den vergangenen Tagen ausführlich berichteten, sind Inspector Sherman in der Vergangenheit diverse kapitale Schnitzer unterlaufen, die mehrere Menschen das Leben kosteten...«

Sherman schaltete den Schirm ab. Er sah aus dem Fenster. Mobile und Baumreihen schossen an ihm vorbei. Sonnenlicht tanzte durch belaubte Äste und machte die Scheiben nervös. Sherman schaltete die automatische Nachdunklung ab. Irgendwo, weit, weit hinter den Bäumen, mußte es stille, abgeschiedene Bauernhöfe geben. Tote Käffer am Arsch der Welt, mit trägen Einwohnern, die schockiert die Köpfe zusammensteckten, wenn der Dorftrottel in der Melkmaschine hängenblieb und in die andrologische Abteilung des nächstgelegenen Krankenhauses transportiert werden mußte. Dörfer, deren Einwohner nicht »Terry Palmer! Su-per!«, sondern »Terry *Wer*?« sagten. Menschen, die vielleicht ein bißchen beschränkt waren, aber immerhin wußten, daß es wichtig war, morgens aufzustehen und etwas zu schaffen, nicht etwas zu kommentieren oder einfach in Stücke zu schlagen.

Sherman gähnte und schloß die Augen. Als er sie wieder aufschlug, rollte das Mobil gerade auf den Hof des Polizeipräsidiums. Sherman wandte sich Lyle zu. Sein Partner versuchte einen aufmunternden Blick.

»Wird schon schiefgehen, Sherm.«

»Aber klar«, grinste Sherman und schob die Tür auf. »Was soll mir schon passieren?«

»Eben. Du könntest höchstens rausfliegen, ohne Job, ohne Abfindung und ohne Kohle auf der Straße sitzen und alles verlieren, wofür du gelebt hast, und unheimlich unglücklich werden ...«

»Danke, Lyle.«

Sie gingen über den Hof auf den verglasten Lift an der Außenseite des Gebäudes zu. Sherman spürte die skeptischen Blicke einiger Streifenbullen auf seinem Gesicht und seinem Rücken.

»Ganz so weit sind wir noch nicht«, sagte er. »Ich hätte

zwar Lust, den ganzen Krempel hinzuwerfen, aber irgendwie gönne ich dieser beschissenen Zecke den Erfolg nicht.«

Sie bestiegen den Lift. Sherman drückte auf die Taste mit der Ziffer elf.

»Was meinst du?« fragte Lyle. »Wieviel Zeit haben wir noch?«

»Zwei Tage. Maximal.«

»Nicht viel.«

»Das muß reichen.«

»Um beide Fälle zu lösen?«

»Hast du was gegen Überstunden?«

»Solange der Pizzakurier nicht einschläft: Nö.«

Als sie aus dem Lift stiegen, empfing Sarah sie mit besorgtem Gesicht. »Inspector, der Chief möchte Sie sofort sprechen. In seinem Büro.«

»Jap«, sagte Sherman, klopfte Lyle kurz auf die Schulter und wanderte schnurstracks an seinem Büro vorbei und den langen Flur entlang auf Jennings' Bürotür zu. Er klopfte betont laut an.

»Herein.«

Sherman öffnete die Tür und trat ein. Jennings saß hinter seinem Schreibtisch. Er hatte das Jackett ausgezogen und die Ärmel seines Oberhemdes bis zu den Armbeugen aufgerollt. Trotz der klimatisierten Raumluft hingen etliche Schweißperlen auf seiner fleischigen Stirn.

»Ah, Sherman. Endlich.«

»Sie wollten mich sprechen, Sir?«

»Setzen Sie sich, setzen Sie sich.«

Sherman setzte sich.

»So geht das nicht weiter«, sagte Jennings und tupfte

sich die Stirn mit einem seidenen Taschentuch ab, »so geht das wirklich nicht weiter, Sherman.«

»Was?« fragte Sherman freundlich.

»Haben Sie den CRIME REPORT nicht gesehen?«

»Doch. Und?«

»Und? Man fordert Ihre Suspendierung.«

»*Palmer* fordert meine Suspendierung. Seit wann treffen Sie Personalentscheidungen auf Zuruf?«

»Werden Sie nicht unverschämt, Sherman. Palmer steht mit seiner Forderung nicht mehr allein da. Die Gewerkschaft hat angefragt, ob Sie eine Gefahr für die Ihnen zugeteilten Beamten darstellen.« Er winkte ab, bevor Sherman etwas erwidern konnte. »Ja, ja, ich weiß, daß das Unsinn ist, aber die Leute sind nervös. Verdammt nervös. Außerdem ... haben mich sehr einflußreiche Bürger dieser Stadt und ein hochrangiger Politiker« – das sprach er aus, als müsse Sherman seine Obrigkeitsehrfurcht entweder teilen oder auf der Stelle vom Blitz erschlagen werden – »gebeten, Sie vom Dienst freizustellen.«

»Darf ich fragen, wer?«

»Was tut das zur Sache?«

»Es interessiert mich.«

»Tja. Zum einen Frau Doktor Engelberg, eine Frau, die ich persönlich sehr schätze und die in mehreren caritativen Einrichtungen zu den Vorstandsmitgliedern ...«

»Und wer noch?«

»Oberst Neck. Na ja, er hat mich nicht direkt gebeten, Sie zu suspendieren, aber er meinte, Sie sollten aufhören, verdiente Offiziere ...«

»Trelain?«

»Den Namen hat er erwähnt, ja. Es scheint, als habe

dieser Trelain sich bei Neck beschwert...« Jennings runzelte sich mehrere dicke Wülste auf die Stirn. »Wer ist das eigentlich? Gehört das zu einem Fall, den Sie gerade bearbeiten?«

»Nicht direkt.«

»Dann hören Sie damit auf.«

»Wie Sie wollen. Sonst noch Beschwerden?«

»Ja.«

»Wer?«

»Der Präsident. Persönlich. Das heißt, durch seinen persönlichen Sekretär, seinen privaten...«

»Himmer?«

»Herr Doktor Alfred Himmer, ja.«

»Tsss.« Sherman schüttelte grinsend den Kopf.

»Das ist nicht komisch, Inspector. Das ist ab-so-lut nicht komisch. Es geht nicht nur um Ihren Kopf, es geht auch um meinen. Und wenn Sie nicht versagt hätten...«

»Wo soll ich denn bitte versagt haben?«

»Na, hören Sie mal! Erst lösen Sie den Promp-Fall nicht, dann erschießen Sie diesen... Reißer, statt ihn zu schnappen...«

»Was sollte ich denn machen? *Mich* erschießen lassen, um Palmer das Interview mit dem Kerl nicht zu vermasseln?«

»Na, egal«, sagte Jennings verärgert und winkte ab. »Trotzdem. So, wie Sie sich anstellen, kann ich Sie nicht mehr lange halten.«

Sherman stand langsam auf.

»Bleiben Sie sitzen«, sagte Jennings, »wir sind noch nicht fertig!«

»Wir sind fertig«, sagte Sherman und zog seine

Dienstmarke heraus. Er legte sie auf den Tisch. »Machen Sie Ihren Scheiß allein.«

»Wie bitte?«

»Jennings, ich kann Dummheit ertragen und ich kann Feigheit ertragen. Aber nicht beides zusammen.«

Jennings sprang auf und lief knallrot an. »Was! Sie! Das! Ist ja unglaublich! Was bilden Sie sich ein!« Er beruhigte sich wieder ein wenig, räusperte sich laut, sah auf den Tisch und rückte das gerahmte Bild seiner Frau einen halben Millimeter nach rechts. »In Anbetracht Ihrer Verdienste werde ich von einem Disziplinarverfahren absehen. Ihre Waffe geben Sie mir bitte auch noch.«

Sherman zog seine Dienstwaffe heraus und legte sie behutsam neben die Marke.

Biiiep.

»Ja?« sagte Jennings.

»Sir, der Bürgermeister...«

»Oh. Ja. Oh, ja – stellen Sie ihn durch.«

»... für Inspector Sherman.«

Sekundenlang schien Jennings nicht zu wissen, was er tun sollte, und bevor er sich entschließen konnte, den Bürgermeister auf später zu vertrösten, hatte Sarah ihn bereits durchgestellt.

»Hallo?«

»Ja, Sir. Sherman hier.«

»Ah. Inspector, ich glaube, ich weiß jetzt, was Franks Brief bedeutet. Der...«

»Entschuldigen Sie, Sir, ich höre Ihnen gern zu – aber was Sie mir von nun an erzählen, erzählen Sie einem Privatmann.«

»Bitte?«

»Ich bin gerade suspendiert worden.«

»Von wem?«

Sherman sah Jennings an und blinzelte freundlich. »Von meinem Vorgesetzten.«

*»Jennings?«*

Jennings zuckte zusammen. »Ja, Bürgermeister?«

Mit der Frage »Was soll das?« leitete Geyser einen knapp fünfminütigen Vortrag über Loyalität, Verdienste, Schulterschlüsse und Medienmacht ein. Jennings' längster Einwurf dauerte anderthalb Sekunden und lautete »Mmmh. Also, na ja...« Als Geyser fertig war, war Sherman wieder Inspector Sherman. Er nahm seine Dienstmarke und die Waffe entgegen, sah Jennings an und sagte: »Danke, Sir.«

»Verschwinden Sie«, knurrte Jennings so leise, daß Geyser es nicht hören konnte.

»Inspector?«

»Ja, Bürgermeister?«

»Ich gehe davon aus, daß nichts von dem, was wir drei hier besprechen, nach außen dringt. Daß Sie wieder im Amt sind, bedeutet nicht, daß Sie auch im Amt bleiben.«

Jennings erreichte wieder seine normale Körpergröße.

»Sie wissen selbst«, sagte Geyser, »daß wir Sie nicht halten können, wenn der Druck der Medien noch größer wird und Sie keine spektakulären Erfolge vorzuweisen haben. Müssen Sie denn wirklich allen Leuten auf die Füße treten?«

»Wenn ich die Trottenolm-Geschichte weiter verfolgen soll: Ja.«

»Was hat denn diese Frau Engelberg mit Franks Ermordung zu tun?«

»Nichts. Das ist ein anderer Fall.«

»Könnten Sie den nicht ein bißchen ruhen lassen?« Es klang wie eine Frage, aber es war keine.

»Doch, Sir«, sagte Sherman, ohne rot zu werden.

»Gut. Das ist wohl das Vernünftigste.«

»Ja, Sir.«

»Was den Brief betrifft...«

»Der Däne.«

»Ja. Ich hätte gleich darauf kommen können. Frank hat Shakespeare sehr geliebt.«

»Ah... Hamlet?«

»Ja.«

»Der Rest ist Schweigen.«

»Das waren die letzten Worte, ja.«

Sherman nickte. Jennings stand vor seinem Schreibtisch und imitierte den aufgeweckten Blick eines Weihnachtskarpfens.

»Ergibt das irgendeinen Sinn?« fragte Sherman.

Jennings schüttelte abwesend den Kopf.

»Ich weiß nicht«, sagte Geyser. »Aber ich weiß, daß Frank eine sehr schöne Gesamtausgabe in seiner Kanzlei stehen hatte.«

»Könnte was sein«, nickte Sherman. »Das sehen wir uns mal an.«

»Darum wollte ich Sie bitten. Aber nehmen Sie sich in acht. Immerhin hat Frank mich ausdrücklich gewarnt, und das wird er nicht zum Spaß getan haben.«

»Ich kann ja mein Kartoffelschälmesser mitnehmen.«

»Lassen Sie von sich hören«, sagte Geyser und beendete die Verbindung.

Sherman wandte sich Jennings zu. »Brauchen Sie mich noch?«

»Hä?«

»Ob Sie mich noch brauchen.«

»Fragen Sie nicht so blöd. Ich hatte Sie schon gefeuert. Wenn Sie übermorgen nichts haben, fliegen Sie endgültig. Raus.«

»Danke, Sir. Man fühlt sich doch gleich viel besser, wenn man seinen Vorgesetzten hinter sich weiß. Wenn man Rückendeckung hat. Einen couragierten Chef, der...«

»Raus!«

## Galgenfrist

»Mnna?« mampfte Lyle, zog fragend die Augenbrauen hoch und rutschte von Shermans Schreibtischkante herunter. »Kanfft du jetfft Fnachfpieln?«

»Schachspielen kann ich seit meinem vierten Geburtstag.« Sherman hängte seinen Mantel auf und ging um den Schreibtisch herum zu seinem Sessel. »Aber ich habe noch immer keine Zeit, wenn du das meinst. Ich bin immer noch dein Chef.«

»Fbrima.«

»Was ißt du da eigentlich?«

»Frebb Füwebb.«

»Zum Abendessen...? Und seit wann sind Crêpes zehn Zentimeter dick?«

Lyle schluckte. »Seit ich dem Crêpes-Mann erlaubt hab, seinen Stand vor dem Präsidium aufzubauen.«

»Dazu braucht er doch keine Erlaubnis...?«

»Weiß *er* das?« Lyle leckte sich die Finger ab. »Was hat Jennings gesagt?«

»Er schmeißt mich in zwei Tagen raus.«

»Sackgesicht.«

»Und wir sollen die Engelberg in Ruhe lassen.«

»Und?«

»Was, und?«

»Machen wir das?«

»Quatsch.«

»Gut.«

Aus dem Nebenzimmer quoll ein Papierberg auf Beinen. Der Papierberg sagte »Inspector?«

»Schneider, sind Sie das?«

Schneider ließ ein paar hundert Ausdrucke auf Shermans Schreibtisch flattern und deutete mit einem Bleistift nacheinander auf mehrere Bögen. »Sehen Sie sich das an. Hier... und hier... und hier...«

»Ganz ruhig bleiben, Schneider. Was wollen Sie uns sagen?«

»CLINICSUPPORT kontrolliert NEW HOPE.«

»Ist ja toll«, sagte Sherman entgeistert.

»Das ist wirklich toll«, nickte Schneider stolz. »Sehen Sie, hier... CLINICSUPPORT hält dreißig Prozent der Anteile von NEW HOPE. Außerdem... hier... gehört CLINICSUPPORT dieses US-Labor für Molekularchirurgie – BB&H – und MED-CLEANERS... hier. Aber wie Sie...« er raschelte ein bißchen herum, »äh... ah! Hier sehen... nein, hier... ist MED-CLEANERS mit zehn Prozent und... hier... BB&H mit elf Prozent an NEW HOPE beteiligt. Und die Geschäftsführerin von MED-CLEANERS und BB&H ist? Na?! Carla Engelberg. Also entscheidet Sie mehr oder weniger allein, was bei NEW HOPE passiert. Sie ist also nicht nur beteiligt, sie kontrolliert den Laden. Ist das nicht toll?«

»Doch, Schneider«, Sherman klopfte ihm beruhigend auf die Schulter, »das ist ganz toll. Wie wär's mit einem Kaffee?«

»Hmmh?«

»Kaffee?«

»Oh. Kaffee! Ja. Gute Idee. Hab schon seit Stunden keinen mehr getrunken. Versackt man ja völlig in dieser Fummelei.« Er trollte sich ins Vorzimmer. Sherman und Lyle sahen ihm nach.

»Reif für die Klinik«, sagte Lyle.

»Wie wär's mit NEW HOPE?«

»Kann er nicht bezahlen.«

»Wir können ja mal ne Sammelbüchse rumgehen lassen.«

»Was ist denn ne Sammelbüchse? Ein Groupie?«

Sherman sah Lyle lange an. Sehr lange. »Sag mal«, sagte er schließlich, »schreibst du zufällig Briefe an meine Nachbarin?«

»Hä?«

»Die kriegt ständig Post von einem infantilen Ferkel.« Er drückte auf die Sprechtaste des Gegensprechgeräts. »Sarah?«

»Nein, Sir, Dimmer hier.«

»Ah.« Sherman sah auf die Uhr. Es war kurz nach sieben. »Verbinden Sie mich doch bitte mal mit der Firma CLINICSUPPORT. Fragen Sie nach Frau Engelberg. Und sagen Sie vorsichtshalber nicht gleich, wer wir sind.«

»Ja, Sir.«

»Du bist ja nur neidisch«, sagte Lyle, »weil dir nie so was einfällt.«

»Was? So was wie Sammelbüchsen?«

»Ja.«

»Äh ... Playmates sind Posterhasen.«

Lyle wiegte nachdenklich den Kopf hin und her. »Nö«, sagte er. »Meiner war besser.«

»Deiner war zotig, meiner war geistreich.«

»Ha-ha.«

Biiiep.

»Ja?«

»Mrs. Engelberg für Sie.«

»Danke.« Sherman nahm den Hörer ab. »Sherman, CI-Central. Mrs. Engelberg?«

»Ja. Wer?«

»Inspector Sherman, CI ...«

Klack.

»Hallo?«

Er sah Lyle an. »Aufgelegt. Nicht zu fassen ...« Wieder drückte er auf die Sprechtaste. »Dimmer, versuchen Sie's mal privat bei Engelberg.«

»Ja, Sir.«

Sherman vertrieb sich die Wartezeit, indem er mit den Fingerspitzen einen nicht besonders hitverdächtigen Marsch auf die Tischplatte klopfte. Schneider tappte mit einem Becher Kaffee an ihm vorbei und verschwand souverän lächelnd im Nebenzimmer.

»Hoffentlich erholt der sich wieder ...« sagte Lyle.

Biiiep. »Ihr Gespräch, Sir.«

»Danke ... Hallo?«

»Ja, Engelberg«, sagte eine leise Männerstimme.

»Sherman, CI-Central, guten Abend. Sir, ich bearbeite einen Fall und hätte einige Fragen betreffend Ihre Firma.«

»Meine Firma? Ich habe doch gar keine ... oh ... oh, Sie meinen bestimmt meine Frau. Meine Frau ist nicht da.«

Sherman schaltete den Lautsprecher ein, um Lyle mithören zu lassen. »Aber Sie werden mir doch sagen können, wieso Clinicsupport über BB&H...«

»Nein, darüber weiß ich nichts«, winselte Engelberg. »Da müssen Sie schon meine Frau fragen. Versuchen Sie's doch mal in der Firma, da ist sie nämlich heute, glaube ich.«

»Sir, es geht wirklich nur...«

»Darüber müssen Sie mit meiner Frau sprechen. Trotzdem. Auf Wiederhören, ja? Wiederhören.«

Klack.

Sherman und Lyle sahen einander an.

»Klassisches Weichei«, sagte Lyle.

»Das kann man wohl sagen. Wie hat der es geschafft, einen Sohn in die Welt zu setzen?«

»Genau der Typ, der abends als Fußbänkchen dient.«

Sherman nickte. Und nickte noch ein bißchen weiter. Und hörte urplötzlich auf.

»Schneider!«

»Ja, Sir?« rief Schneider aus dem Nebenraum.

»Sie haben da doch jede Menge Papier! Steht irgendwo drauf, wie die Engelberg vor der Heirat hieß?!«

»Moment!« Es begann zu rascheln.

»Was soll denn das jetzt?« fragte Lyle.

»Nur eine Idee.« Sherman schüttelte den Kopf. »Wahrscheinlich Blödsinn, aber man kann ja nie wissen.«

»Steht hier nicht!« rief Schneider.

»Klinken Sie sich mal ins Meldeamt ein! Und sehen Sie nach, ob *er ihren* Namen angenommen hat!«

»Schon in Arbeit!«

Sherman grinste Lyle an. »So was machen Weicheier nämlich manchmal.«

»Dürfen die das?«

Sherman nickte. »Irgendwas müssen die doch auch dürfen... Wie sieht's aus, Schneider?«

»Bingo!« rief Schneider. »Hat er gemacht!«

»Und wie war sein Mädchenname?«

»Äh... Himmer!« rief Schneider. »Robert Aloysius Himmer!«

»Bin-go!« rief Sherman und klopfte Lyle mit einem fröhlichen Schlag auf den Rücken den halben Crêpe wieder aus der Speiseröhre.

## Schweigen ist Bronze

»Aber ich bin doch dein Partner, Mensch.« Lyle schüttelte vorwurfsvoll den Kopf, ohne den Blick von der Straße zu wenden. Es war 22 Uhr, der Himmel hing voller mondlichtreflektierender Werbetafeln, er und Sherman waren auf dem Weg zur Parteizentrale der Sozialhumanisten, und Sherman hatte ihm – trotz diverser Bitten und Fragen – noch immer nicht gesagt, weshalb er so zuversichtlich war.

»Du bist mein Partner«, sagte Sherman und nickte, »aber ich habe keine Lust, mich zum Affen zu machen. Falls ich mich täusche, reden wir nicht mehr über die Geschichte, falls ich recht habe – und das werden wir bald wissen – erkläre ich's dir. Sofort.«

Lyle seufzte. »Was willst du mitten in der Nacht in Trottenolms Büro?«

»Mir seine Shakespeare-Ausgabe ansehen.«

»Kannst du das nicht tagsüber machen?«

»Es reicht, wenn der Nachtwächter uns sieht. Tagsüber laufen da Hunderte von profilierungsgeilen Abgeordneten rum, und wenn wir auftauchen und Trottenolms Büro durchsuchen, rennen die sofort vor eine Kamera und schreien Skandal. Außerdem werde ich übermorgen gefeuert.«

»Auch wieder wahr... He, dann bin ich der Chef, oder?«

»Freu dich nicht zu früh.« Sherman deutete auf ein vollverglastes Hochhaus, das hinter hohen Bäumen auf gepflegtem Rasen stand. »Da vorn.«

Lyle lenkte das Mobil auf die Zufahrt zur Parteizentrale der Sozialhumanisten und schaltete den Antrieb aus. Sherman stieg aus und geriet mit dem Fuß auf den Rasen, der gar kein Rasen war, sondern R-TURF-ICIAL; er beschloß, bei der nächsten Wahl im Bett zu bleiben.

Sie zeigten der Überwachungsanlage ihre Gesichter, ihre Hände und ihre Ausweise, betraten das Gebäude, zeigten dem Nachtwächter ihre Gesichter und ihre Ausweise und den Durchsuchungsbefehl, baten ihn eindringlich, Stillschweigen zu bewahren, da es sich um eine Angelegenheit von staatstragender Bedeutung handle, und ließen sich von dem daraufhin ehrfürchtig zuvorkommenden Mann zu Trottenolms Büro bringen. Sherman schaltete das Licht ein und bedankte sich. Der Nachtwächter nickte wie ein geisteskranker Mittelstürmer und rührte sich nicht vom Fleck. Sherman teilte ihm freundlich mit, er werde momentan nicht mehr gebraucht. Der Mann nickte weiter. Sherman drückte die Tür zu.

Trottenolms Büro war etwa acht mal acht Meter groß, hell, schlicht und sachlich. Vor der gegenüberliegenden

Wand stand ein schlichter Schreibtisch, dahinter war ein unten geschlossener, oben offener Schrank eingebaut. Die gesamte rechte Wand stand voller Archivschränke; darauf standen etliche Skulpturen, an der linken Wand hingen alte gerahmte Fotos von alten Häusern, und mitten im Raum wartete ein antikes Stehpult auf Trockenredner.

Nach der Shakespeare-Ausgabe mußten sie nicht lange suchen: Vom Regal hinter dem Schreibtisch aus stach sie unvorsichtigen Besuchern sofort dunkelgrün und goldverschnörkelt ins Auge. Während Sherman den neu und schön gebundenen *Hamlet* ehrfürchtig herauszog und sich auf Trottenolms Designersessel setzte, klappte Lyle das Stehpult auf und sah gelangweilt hinein. Er sah nichts Eßbares und klappte es wieder zu.

Sherman blätterte die vorletzte Seite auf. Hamlet starb, Horatio beschwichtigte, und Fortinbras ließ feuern, aber alle standen mit leeren Händen da.

»Und?« fragte Lyle.

»Nichts... das verstehe ich nicht«, murmelte Sherman. Ratlos überflog er die Zeilen. Dann blätterte er zurück, hielt Hamlet am Rücken fest und schüttelte. Nichts fiel heraus. Er drehte und wendete das Buch, dann legte er es auf den Tisch. »Der Rest ist Schweigen«, sagte er nachdenklich.

»Dolle Sache«, sagte Lyle. »Und was soll das?«

»Das war Trottenolms Hinweis an Geyser. Hamlets letzte Worte.«

»Aha. Hmmh. Vielleicht meinte er bloß, Geyser solle schön die Fresse halten. So als Warnung.«

»Das hätte er einfacher sagen können.«

»Der Mann war Politiker.«

»Trotzdem unwahrscheinlich... Sehen wir uns mal um, vielleicht finden wir ja doch noch was.«

Lyle zuckte die Achseln und warf flüchtige Blicke in die Regale, die an der Wand aufgereiht standen, Sherman zog die Schreibtischschubladen auf und sah hinein. Er suchte nach nichts Bestimmtem und fand es in rauhen Mengen. Er schloß die Schubladen wieder und stand auf.

»Laß es«, sagte er zu Lyle, »das bringt nichts. Wenn wir es ohne Schwierigkeiten finden könnten, könnten es auch diejenigen finden, die es nicht finden sollten.«

»Hä?«

»Es muß mit Shakespeare zu tun haben, sonst hätte Trottenolm sich nicht die Mühe gemacht, Geyser einen Tip zu geben, den sonst keiner versteht.«

»Hmmh«, brummte Lyle skeptisch, blieb vor den mannshohen Regalen stehen und kratzte sich am Kopf. Eine der Skulpturen verschwand hinter seiner Hand. Sherman sah automatisch hin. Lyle nahm die Hand wieder herunter, sah seinen Vorgesetzten an sich vorbeistürmen und sagte »He...?«

Sherman holte die drei sitzenden Affen vom Regal und stellte sie auf den Schreibtisch. Er drehte die Skulptur um.

»Was denn?« sagte Lyle und stellte sich neben ihn.

»Warte.«

»Na, die sehen ja herrlich bescheuert aus.«

»Nichts hören, nichts sehen, nichts sagen«, sagte Sherman und knibbelte am Rücken jenes Bronzeaffen herum, der sich die Pfoten vor den Mund hielt. Er faßte dem Affen unter den Hintern und fand eine Vertiefung. Er drückte seinen Fingernagel hinein und stellte die Skulptur auf den Tisch.

Der Affe begann leise zu summen, breitete die Arme aus und streckte den beiden eine kleine, runde, silberne Zunge heraus. Sherman nahm ihm die Mini-CD-I behutsam aus dem Mund und hielt sie zwischen Daumen und Zeigefinger hoch.

»Das also«, sagte er grinsend, »war des Affen Kern.«

Lyle runzelte die Stirn und sah zuerst den Affen an und dann seinen Chef. Er nickte mehrmals. »Weißt du«, sagte er schließlich, »manchmal frage ich mich echt, ob du 'ne Klatsche hast.«

»Reißen Sie sich zusammen, Officer«, sagte Sherman, steckte die CD-I ein und winkte Lyle aus dem Büro.

## Nachtschicht

Sherman kehrte in sein Büro zurück, stellte zwei Becher Kaffee neben dem Bildschirm ab und setzte sich auf seinen Sessel. Lyle nahm einen der Becher, stopfte sich eine Handvoll Fruchtgummitiere in den Hals und spülte sie herunter. Neben ihm lagen sechs weitere Tüten.

»Du mußt nicht hierbleiben«, sagte Sherman. »Geh nach Hause und schlaf dich aus.«

»Nä«, kaute Lyle, »jetzt will ich wissen, was hier läuft. Und ob auf der Scheibe drauf ist, was ich denke.«

Sherman drückte die CD-I in den Computer. Das Inhaltsverzeichnis erschien auf dem Schirm.

Lyle warf Gummitiere nach. »Siebenundvierzig Dokumente. Na, das kann ja ne lange Nacht werden. Willst du auch?« schmatzte er und hielt die Tüte hoch, die er gerade bearbeitete.

»Was ist denn das?« fragte Sherman.

»Gummitiere.«

»Ja, aber was für welche?«

»Ist doch egal. Schmecken doch sowieso alle gleich ... *Hosianny* heißen die«, las er von der Tüte ab. »Kleine Jesusse. Und Marias. Und Esel. Mit Fruchtzucker. Und Glukose. Und ganz viel E. E8, E17, E234 ...«

»Nein, danke.«

»Na, dann nicht ...« Er zerbiß eine Maria, »aber wo ich grad die ganzen *E*s sehe: was bedeuten denn nun die Eintragungen in Drents und Engelbergs Kalendern?«

»*E* steht für Engelberg, *M* für Mama oder Mutter, also auch für Engelberg«, sagte Sherman und klickte sich in das erste von Trottenolms Dokumenten. Es war ein gescannter Text. Eine Liste.

»Also haben Drent und Engelberg sich mit Mama Engelberg getroffen?«

»Ja.«

»Und weshalb?«

»Moment. Sieh an ...«

»Was denn.«

»Sieh mal, was da oben steht.«

»New Hope/New Hesperida.« Lyle ließ die Gummitiere links liegen. »Auf Trottenolms Diskette? Was sind denn das für Zahlen?«

»Steht auch oben. Operationsplan für den Mai. Das ist zu früh ...« Er klickte ein weiteres Dokument an. »Juli. Besser. Mal sehen ...«

»Ganz schön was los.«

»Erstaunlich viel, ja.«

»Naja, die haben halt reiche Kunden.«

»Reiche Kunden, die nicht sterben wollen und keine

Lust haben, sich auf die Transplantationsliste eines staatlichen Krankenhauses setzen zu lassen.« Sherman klickte das nächste Dokument an. Er stieß einen anerkennenden Pfiff aus. »Na, das hat Trottenolm garantiert ne Stange Geld gekostet. Alle Kontenbewegungen ...«

»Äh. Ich komme im Moment nicht mehr ganz mit.«

Sherman konzentrierte sich auf die endlos lange Liste. »Hmmh? Da. Fünfzehntausend. Barscheck. Siebzehnter Juli. Als ob wir uns so was gedacht hätten.«

»Was?«

»Das ist Drent.« Sherman scrollte weiter durch das Dokument. »Achter Juli. Wieder fünfzehn.«

»New Hope hat Drent bezahlt?«

»Ja.« Sherman klickte sich zurück in die Operationsberichte.

»Offiziell dürfen Privatkliniken wie New Hope keine Transplantationen vornehmen. Und selbst, wenn sie's dürften, bekämen sie keine Organe. Das Gesetz stammt noch aus der letzten Legislaturperiode, und die Christsozialen haben es bisher nicht kippen können – weil die Sozialhumanisten in den Länderparlamenten die Mehrheit haben. Organe von Unfallopfern gehen an die Staatskliniken und retten denjenigen das Leben, die ganz oben auf der Liste stehen. Schlecht für Kliniken wie New Hope, denn reiche Leute sind natürlich bereit, ein Vielfaches des normalen Satzes für ein neues Herz zu bezahlen.«

»Und das hat Drent ...«

»... ihnen besorgt. Herzen, Nieren, Lungen.«

»Mich bumst der Papst«, flüsterte Lyle.

»Gott verhüte.«

»Und wieso hat Trottenolm ...?«

»Wegen Himmer. Himmers Bruder ist mit der Engelberg verheiratet. Wäre kurz vor der Wahl bekannt geworden, daß der kleine Bruder unseres Präsidenten reichen Leuten neue Nieren einbauen läßt, hätte Himmer die Segel streichen können. Also hat er Trelain gekauft, Trelain hat sich ein paar Killer gekauft und ihnen genug Zeit verschafft, Trottenolm in Ruhe zu erschießen.«

»Und sie dann erschießen lassen.«

»Genau. Das erklärt auch, weshalb der Anführer der Geiselgangster so stinkig aussah und Himmer umlegen wollte. Er wird sich beschwert haben, daß sie noch immer nicht abhauen durften. Vielleicht hat er geahnt, daß Himmer und Trelain ihn reingelegt hatten. Man wird den dreien nicht nur viel Geld gezahlt haben, sondern ihnen außerdem versprochen haben, daß sie ungeschoren davonkommen. Nur durften sie das natürlich nicht. Sie durften nicht überleben.«

Lyle nickte. »Weißt du, was du da hast?«

»Na?«

»Ein Problem. Was soll ich auf deinen Kranz schreiben lassen?«

»Sag ich dir morgen.« Sherman klickte das nächste Dokument an. Es war eine Aufstellung der CLINICSUPPORT-Beteiligungen und -Tochtergesellschaften. Trottenolms Informationen deckten sich mit denen, die Schneider zusammengetragen hatte. Die folgenden Dokumente waren Unterlagen und private Briefe von Alfred und Robert Himmer. Der Präsident bedankte sich bei seinem Bruder für die großzügige Unterstützung. Sherman schüttelte den Kopf.

»Was man für Geld alles kaufen kann.«

»Stimmt. Ich hab mich auch schon gefragt, woher Trottenolm das ganze Zeug hat.«

»Das meinte ich nicht. Der kleine Herr Engelberg hat seinem Bruder offenbar größere Parteispenden zukommen lassen.«

»Fein. Auch noch bestechlich.«

»Wenn das rauskommt, ist Himmer ein für allemal erledigt.«

»Und du kriegst einen Orden als freiwilliger Wahlhelfer der Sozialhumanisten. Wenn du dann noch lebst.«

Sherman nahm seinen Kaffeebecher, lehnte sich zurück und sah nachdenklich in die Tasse. Es schwammen keine Antworten drin.

»Was willst du jetzt machen?« fragte Lyle.

»Weiß ich noch nicht. In Ruhe nachdenken. Wir wissen wieder mal ziemlich viel, aber das«, er deutete auf den Schirm, »reicht vielleicht nicht. Immerhin könnte es gefälscht sein.«

»Ist es aber nicht.«

»Das wissen wir. Aber mein Ruf ist momentan nicht besonders gut. Wenn wir das Zeug an die Medien weitergeben, könnte der Schuß nach hinten losgehen. Und da wir weder wissen, wo die Originale liegen, noch, wie der Informant heißt...«

»Tja.« Lyle riß die nächste Tüte auf. »Und nun?«

»Nachdenken.« Sherman klopfte sich an den Kopf. »Die guten alten Gummizellen anstrengen.«

»Mmh.«

»Du sagst es.« Sherman sah auf. »Wir sprechen uns morgen.«

»Was?«

»Du hast Feierabend.«

»Und du?«

»Ich bleibe noch ein bißchen hier. Ich sehe mir die

Aufzeichnung noch mal an. Und das Material. Vielleicht finde ich einen Hinweis auf den Informanten.«

»Du solltest auch nach Hause gehen.«

»Ab übermorgen bin ich nur noch zu Hause.«

Lyle stand ächzend auf, warf Sherman eine der Tüten in den Schoß und nahm seinen Mantel vom Hafthaken. »Tu, was du nicht lassen kannst. Aber mach keinen Quatsch.« Er öffnete die Tür und gähnte. »Tschuldige. Wir sehen uns morgen.« Er sah auf die Uhr. »Nein, heute. In ungefähr fünf Stunden.«

»In alter Frische.«

»Was heißt hier *Frische*?« fragte Lyle und ging.

Sherman blieb einen Augenblick sitzen. Er trank seinen Becher leer, stand auf, holte sich einen frischen Kaffee und setzte sich wieder hin. Er schaltete den Bildschirm von normalem Lesemodus auf TV und suchte das News-Net. Er sah sich einen längeren sinnfreien Werbeblock an, ließ die Kurznachrichten an sich vorbeirauschen, dachte an den Bauernhof und ließ seine Gedanken ansonsten ungestört ihrer Nervenwege ziehen. Als die Wiederholung des abendlichen Crime Report anlief, konzentrierte er sich wieder auf den Schirm.

Wie erwartet, hatte Palmer das nächste Geschütz aufgefahren. Er zeigte seinen Zuschauern weitere geschickt montierte Bilder von Demonstrationen, die sich angeblich gegen den inkompetenten, gemeingefährlichen Beamten Victor Sherman richteten, dann ließ er seriös wirkende Experten zu Wort kommen und schließlich das gemeine Volk; Männer und Frauen von der Straße. Statistiken bewiesen, daß der durchschnittliche Zuschauer sich ausgerechnet von diesen Stimmen besonders stark beeindrucken ließ. Logisch war das nicht, denn natürlich hatten die Leute von der Straße grundsätzlich von Tuten und Blasen keine Ahnung und plapperten lediglich nach, was ihr bevorzugter Fernsehsender gerade vorplapperte, aber Logik interessierte in diesem Zusammenhang niemanden: Die Leute sahen Leute, die eine Meinung hatten, und das fanden sie *interessant*. Und natürlich waren sie geneigt, diese Meinung zu teilen: Immerhin waren die Leute auf dem Schirm Leute wie sie. Einfache Leute. Ganz normale Leute mit gesundem Menschenverstand. Keine Experten.

Sherman war ein strikter Gegner von Volksbefragungen. Jedenfalls, solange es Medien gab. Palmers Schnittfolge war wieder einmal exquisit: Zuerst kam eine alte Frau ins Bild. »Sherman?« quakte sie. »Kenn ich nicht« – damit stand fest, daß alte Leute von diesem Thema nichts verstanden und Jüngere entscheiden mußten. Konsequenterweise kam als nächster ein junger Mann ins Bild. »Der muß weg«, sagte er. »Ich mein, das geht einfach nicht. Der hat schon so viele Leute auf dem Gewissen.« Schnitt zu einem etwa vierzigjährigen Mann, Typ Aktenkofferarschloch. »Ungeheuerlich. Die Stadt hält an einem Mann fest, der erwiesenermaßen unfähig ist. Das muß Konsequenzen haben, wenn Sie mich fragen.« Eine emotional mitreißende Hausfrau unterstrich diese Haltung, dann folgten ein Polizist und ein Pfarrer. Die einzige Gegenstimme stammte von einem verwahrlosten Jungen, der eine Schnapsflasche hochhielt: »Eh, dasn geiler Bulle, eh. Der darf doch wohl auch ma Scheiße baun, oder was ...?«

Sherman schaltete ab. Er ließ sich wieder zurücksinken und befragte seinen Kaffee.

Er ließ sich viel Zeit.

# Flucht nach vorn

Um acht Uhr morgens wählte Sherman Geysers Privatnummer und bat den Bürgermeister, ihm ein persönliches Telefonat mit Himmer zu vermitteln. Geyser fragte, weshalb, aber Sherman bat ihn, keine Fragen zu stellen und ihm zu vertrauen; das war einer der guten Ratschläge der Kaffeebecher gewesen. Geyser versprach, sein Möglichstes zu tun. Mehr versprach er nicht.

Anschließend verschickte Sherman zwei unausgesprochen offensive Faxe an Frau Engelberg und Trelain. Die Kaffeebecher und er hatten lange am genauen Wortlaut gefeilt und waren erst gegen sieben Uhr zu einem zufriedenstellenden Ergebnis gekommen; falls eine einfache Sekretärin oder ein einfacher Soldat die Mitteilungen lasen, würden sie sich nichts dabei denken. Sobald Engelberg und Trelain sie lasen, mußten sie unverzüglich zum Telefon greifen.

Das hoffte Sherman jedenfalls.

Bis halb neun.

Biiiep.

»Ja, Sarah?«

»Der... Präsident... für Sie.« Zum ersten Mal klang ihre Stimme nicht nach Eichhörnchenmärchen.

»Stellen Sie ihn durch«, sagte Sherman und drückte sich den Hörer ans Ohr. »Ja, Sherman.«

»Himmer«, brummte eine geübte Stimme. »Guten Morgen, Inspector. Bürgermeister Geyser bat mich *dringend*, Sie anzurufen. Ich habe zwar nicht viel Zeit, wollte ihm die Bitte jedoch nicht abschlagen.«

»Sehr nett von Ihnen, Sir. Augenblick.« Sherman stand

auf und schloß die Türen zum Vorzimmer und zu Lyles Büro. »So, da bin ich. Entschuldigen Sie, aber ich mußte eben die Türen schließen.« Sherman senkte seine Stimme. »Ich möchte Sie um etwas bitten, Sir.«

»Wenn ich etwas für Sie tun kann?«

»Haben Sie in letzter Zeit mal den CRIME REPORT gesehen?«

»Ja.«

»Dann wissen Sie, daß ich momentan in keiner ... besonders glücklichen Position bin.«

»Inspector, ich verstehe Ihre Sorge, aber ...«

»Sie könnten mir helfen.«

»Tut mir leid, aber das fällt nicht in meinen ...«

»Nicht mit Ihrem Einfluß. Meine Position ist aussichtslos. Sie könnten zwar intervenieren, aber das würde meinen Hals nicht mehr retten. Diese Ratten sind schon zu weit gegangen. Die Öffentlichkeit will meinen Kopf, und den wird sie auch kriegen. Sir ... ich bin seit fünfzehn Jahren Polizist. Und ich bin gut. Ich bin immer noch gut. Aber die werden mich kriegen. Dieser Drecksack Palmer hat mich am Arsch. Entschuldigen Sie ...« Er räusperte sich. »Wenn ich suspendiert werde, Sir, bekomme ich nichts: Keine Abfindung, keine Rente, keine goldene Uhr. Für fünfzehn Jahre. Der Job ist mein Leben, Sir ...«

»Ich ...«

»Und dann sitze ich auf der Straße. Mit einem wirklich *schlechten* Ruf. Ich bin dann nicht einfach ein suspendierter Bulle – ich bin der unfähige Trottel, der lügt und Kollegen auf dem Gewissen hat.«

»Entschuldigen Sie, aber ich weiß wirklich nicht ...«

»Wenn ich hier aufhöre, will ich nicht auf der Straße sitzen.«

»Ich bin sicher, daß ein Mann mit Ihren Fähigkeiten eine gut bezahlte Arbeit findet. Ich könnte natürlich mal mit einigen meiner Parteifreunde sprechen.«

»Die werden sich hüten, einen landesweit bekannten Versager einzustellen. Nein, Sir...«

»Inspector, ich bin sicher, daß wir etwas für Sie finden werden«, sagte Himmer mit hörbar ungeduldigem Unterton. »Wenn Sie sich an meinen Sekretär...«

»Ich weiß alles über NEW HOPE«, sagte Sherman und ließ es ein bißchen wirken. Himmer sagte nichts. »Ich habe die Unterlagen von Trottenolm. Und ich kann beweisen, daß *Sie* ihn haben umbringen lassen.«

»Was reden Sie da?«

»Das wissen Sie ganz genau. Sie wissen es, und ich weiß es. Und sonst niemand. Jedenfalls noch nicht.«

»Ich...«

»Reden wir nicht mehr um den heißen Brei herum, Sir: Ich habe noch zwei Tage, und ich habe etwas zu verkaufen. An Sie oder ans Net.«

Himmer sagte noch immer nichts. Sherman konnte sich vorstellen, was im Gehirn des Präsidenten vorging. Er betete, und sein Gebet wurde erhört.

»Was wollen Sie?« sagte Himmer.

»Eine kleine Absicherung für meinen Ruhestand. Von Ihnen, Trelain und Engelberg.«

Himmer schwieg. Dann sagte er »Wieviel?«

»Zwei Millionen.«

»Sie sind verrückt.«

»Ganz und gar nicht«, sagte Sherman. »Das ist kein hoher Preis. Sie bleiben im Amt, und ich muß mir keine Sorgen um meine Zukunft machen. Das ist ein faires Geschäft. Akzeptieren Sie's, oder lassen Sie's bleiben.«

Wieder schwieg Himmer für etliche Sekunden. Dann übernahm er überraschend die Initiative.

»Heute abend«, sagte er. »In der City Süd wird derzeit neues Bauland erschlossen. Wir errichten dort eine neue Parteizentrale. Kennen Sie den Einstein-Tower?«

Sherman biß sich auf die Unterlippe. Das Gespräch verlief nicht mehr ganz so, wie er es sich vorgestellt hatte.

»Der ist noch nicht fertig«, sagte er.

»Kommen Sie um neun in den vierundzwanzigsten Stock. Allein. Dann reden wir.«

»Nein. Um neun ist schon wieder zu viel los«, sagte Sherman. »Wir treffen uns um halb acht. Ich möchte nicht gesehen werden – genauso wenig wie Sie –, und um halb acht sitzt jeder vernünftige Mensch zu Hause, ißt was Gutes und sieht sich die Nachrichten an. Außerdem reden wir nicht. Sie kriegen die Unterlagen, ich kriege das Geld.«

»Ich bin nicht sicher, ob ich in der kurzen Zeit ...«

»Doch, das können Sie«, sagte Sherman und legte auf.

Zwei Minuten später hatte er Frau Engelberg im Ohr. Sie hatte keine angenehme Stimme, aber das hatte Sherman auch nicht erwartet.

»Was wollen Sie?« fragte sie.

»Wir treffen uns heute abend um halb acht im Einstein-Tower. Sie, Trelain, Himmer und ich. Ich habe schon mit Himmer gesprochen. Wer welchen Anteil bezahlt, ist mir ziemlich egal.«

»Wovon sprechen Sie?«

»Fragen Sie Ihren Freund«, sagte Sherman und legte auf.

Trelains Anruf folgte fünf Minuten später. Sherman

würgte auch die Proteste des Offiziers sofort ab, gab ihm den Treffpunkt durch und verwies ihn an Himmer.

Er saß ein Weilchen in seinem Sessel und sah sich alles, was in seinem Büro herumstand, noch einmal ganz genau an. Erst als er mit allem fertig war, griff er zum Telefon und wählte die wichtigste Nummer seines Lebens.

## Verraten und verkauft

Lyle hatte sich gewundert. Das wunderte Sherman nicht. Es war schließlich noch nie vorgekommen, daß er, Sherman, am hellichten Tage aus dem Büro verschwand und alles mit der Begründung stehen und liegen ließ, er wolle allein sein und spazierengehen; und daß er das nun ausgerechnet an seinem vorletzten Arbeitstag tat, mußte Lyle vorkommen wie galoppierende Senilität.

Vielleicht war es das sogar. Sherman war tatsächlich spazieren gegangen. Zum ersten Mal seit Jahren wieder. Den gesamten Nachmittag war er im Park gewesen, hatte den Bäumen beim Rascheln zugehört, der Sonne beim Schattenmalen und jungen, verliebten Leuten beim Leben zugesehen. In seine Wohnung kehrte er nur kurz zurück, um seine Waffe aufzuladen und Unterwäsche aus lasersicherem Leadtex anzuziehen.

Als er um viertel nach sieben durch menschenleere Straßenschluchten auf den halbfertigen Büroturm am Rande der City Süd zufuhr, fühlte er sich wie ein Hummer im Kochtopf. Der Leadtex-Body trieb ihm den Schweiß aus allen Poren und kniff und drückte an den unmöglichsten Stellen – was nicht so schlimm gewesen wäre, hätte Sherman wenigstens das Gefühl gehabt, in dem engen Ding sicher zu sein. Leider nützte ein Leadtex-Body wenig, wenn jemand auf den Kopf des Trägers zielte. Und Sherman war ziemlich sicher, daß Trelain am Schießstand keine Fahrkarten geschossen hatte.

Er umrundete das Gebäude einmal, bevor er das Mobil unauffällig hinter einem rohen Pfeiler parkte. Er nahm den kleinen Metallkoffer vom Beifahrersitz, stieg aus, lauschte und hörte nichts. Damit hatte er gerechnet. Die Bauarbeiter schalteten ihre Roboter um Punkt sechzehn Uhr ab, die Vorarbeiter blieben unter Umständen bis sechs, und andere Seelen verirrten sich nicht in die tote Baulandschaft im Süden der Stadt. Die nächsten Wohnblöcke waren kilometerweit entfernt, und jedes Fahrzeug, das nicht hierher gehörte, wäre sofort aufgefallen. Es war die richtige Umgebung, um feierabends vollkommen ungestört illegale Geschäfte abzuwickeln.

Oder jemanden umzubringen.

Sherman ging auf das Gebäude zu, stieg in den Behelfslift an der Außenseite und sagte »Hoch«. Der Lift setzte sich in Bewegung und zog halbfertige Häuser, Roboter, Schutt und staubige Straßen in die Tiefe.

Elf ... fünfzehn ... zwanzig, einundzwanzig. Sherman sah nach unten. Sie brauchten keine Waffen. Es reichte, wenn sie ihm einen kleinen Schubs gaben.

Zweiundzwanzig, dreiundzwanzig.

Sherman sagte »Halt«. Der Lift hielt vor einem kabelverhangenen Loch im vierundzwanzigsten Stockwerk. Er stieg aus und knirschte über den körnigen Betonboden. Wären die tragenden Wände nicht gewesen, hätte man die gesamte Etage überblicken können. Sherman sah sich vergeblich nach einem Lichtschalter um. Obwohl die Sonne noch für gute Lichtverhältnisse sorgte, wurden die Schatten in der Mitte des riesigen Raumes grauer und grauer. Sherman blieb neben einem Pfeiler stehen und betrachtete kurz das Kabelgewirr, das aus allen Richtungen in den Raum quoll.

»Himmer?«

Er hörte Schritte und drehte sich um. Himmer, Trelain und eine große, hagere Frau traten aus dem Schatten einer Wand. Himmer trug einen Aktenkoffer in der Hand. Carla Engelberg kam mit leerem Blick und leeren Händen, Trelain hatte die Rechte in der Tasche seiner Lederjacke vergraben.

»Fällt die Tasche ab, wenn Sie sie nicht festhalten, Trelain?« Shermans Stimme hallte unnatürlich laut durch den Raum.

Trelain lächelte dünn und behielt die Hand in der Tasche. Himmer blieb einen guten Meter vor Sherman stehen und trat aus der Schußlinie.

»Nur für den Fall«, sagte er, »daß Sie irgendwelche Spielchen versuchen.«

»Weshalb sollte ich?«

»Mann kann nie wissen. Haben Sie eine Waffe?«

»War Jesus Christ?«

Trelain nahm die Hand aus der Tasche und richtete seine Waffe auf Sherman. Er lächelte immer noch.

»Behalten Sie sie«, sagte Himmer. »Aber versuchen Sie nicht, sie herauszuholen.«

»Was soll das?« Sherman deutete auf Trelain. »Schließen Sie Ihre Geschäfte immer so ab? Sagen Sie ihm, er soll das Ding wegstecken.«

»Felix.« Himmer drehte sich nicht um. Sichtlich enttäuscht ließ Trelain die Waffe wieder verschwinden. »Sie riskieren ziemlich viel, Inspector.«

»Danke gleichfalls. Es überrascht mich, daß Sie selbst hergekommen sind.«

»Ich wollte Sie kennenlernen.«

Sherman nickte, wie andere Leute abwinken. »Dann weiß also wirklich niemand aus Ihrem Beraterkreis von der Geschichte? Niemand, den Sie hätten herschicken können?«

Himmer ließ die Frage unbeantwortet. »Mir hat man immer erzählt, Sie seien unbestechlich«, sagte er mit angewidertem Unterton. »Der *Supercop*. Hätte ich gewußt, daß Sie genauso armselig sind wie die meisten Ihrer Kollegen, würden Sie schon lange Müllstutzen leeren.«

»Haben Sie einen Schnellkurs in Moral belegt?«

Himmer schmunzelte humorlos. »Zur Sache, Sherman. Was haben Sie anzubieten?«

»Zeigen Sie mir das Geld.«

»Zeigen Sie mir erst mal, was Sie haben. Sie sind der Verkäufer.«

»Ich habe Trottenolms Unterlagen über NEW HOPE. Konten, Transplantationslisten, Zahlungen an den Reißer...«

Carla Engelberg wurde merklich blasser um die Nase.

»Schon dumm«, sagte Sherman aufmunternd, »wenn man seine Angestellten nicht richtig unter Kontrolle hat – und dann auch noch einem unprofessionellen Killer Barschecks zusteckt. Ich gehe davon aus, daß dieser Vorschlag von Ihrem aufgeweckten Söhnchen stammte. Sie hätten vielleicht den Storch behalten sollen.«

»Ist das alles?« fragte Himmer.

»Nein. Ich habe die Dankschreiben Ihres Bruders. Und ich habe Erklärungen von mehreren Beamten, daß Ihr nervöser Freund«, er deutete auf Trelain, »die Unterlagen der Geiselgangster nicht überprüft hat. Es gab keine Anfragen beim Meldeamt. Beantworten Sie mir eine Frage, nur interessehalber: Weshalb haben Sie Trottenolm nicht privat erschießen lassen? Das wäre doch wesentlich einfacher gewesen: Ein Terrorkommando dringt ins Haus des Oppositionsführers ein und knallt ihn ab.«

»Sind Sie wirklich so dumm?« Himmer schüttelte den Kopf. »Man hätte nach einem Motiv gesucht.«

»Und Sie haben ihn nur umbringen lassen, weil er herausgefunden hatte, daß Sie sich von Ihrem sauberen Bruder haben bestechen lassen, weil Sie seine illegalen Organtransplantationen gedeckt haben? Wußten Sie denn überhaupt, daß der Reißer für New Hope gearbeitet hat?«

»Nein«, sagte Himmer hörbar gereizt. »Nein, das wußte ich nicht...« Er verstummte und runzelte die Stirn. Er warf Sherman einen messerscharfen Blick zu, und Sherman wußte, daß das Gespräch praktisch beendet war. Es war nicht ganz so gut gelaufen, wie er gehofft hatte. Er hätte sich gern noch bedrohen lassen; er hätte sich gern noch sagen lassen, daß seine Unterlagen im Grunde wertlos waren und niemand beabsichtigte, für Papier oder eine CD-I, von der Kopien existieren konnten, auch nur einen einzigen Ecu zu bezahlen.

*Man kann nicht alles haben*, dachte er, während ihm kalter Schweiß in den Hemdkragen kroch.

»Was soll das?« sagte der Präsident und kam etwas näher.

»Berufskrankheit«, sagte Sherman. »Man legt die Neugierde nicht von einem Tag auf den anderen ab.«

»Alfred, die Ratte verarscht uns«, zischte Trelain.

»Was geht hier vor?« Himmer näherte sich Sherman auf Beißweite, während Trelain seine Waffe wieder herauszog.

Sherman entschloß sich, wenigstens das Überraschungsmoment mitzunehmen. Er knallte Himmer den Koffer auf die Nase, machte einen Satz nach links und begann zu rennen. Trelain hatte offenbar damit gerechnet, noch ein paar Sekunden Zeit zu haben. Er sagte »Wa...?«

Himmer schrie. »Leg ihn um!« Er schrie es ein bißchen undeutlich, weil er sich die blutige Nase halten mußte, aber Trelain verstand ihn sofort.

Sherman brüllte zurück: »Ziel lieber auf die Kameras, du Arschgesicht!« und hechtete hinter eine Mauer. Direkt hinter ihm sengte Trelains erster Schuß ein Loch in die Staubluft. Sherman rollte sich ab, zog seine Waffe und robbte ein Stück nach links. Trelains Laser durchlöcherte die Betonwand über ihm. Das, fand Sherman, war wirklich ein starkes Stück. Weshalb erschien der militante Idiot mit einer derart durchschlagskräftigen Waffe zu einem netten Treffen unter acht Augen? Das war einfach unangemessen. Und maßlos übertrieben.

Ein Strahl bohrte sich dicht über dem Boden durch die Mauer und in Shermans Oberschenkel. Obwohl das Leadtex nicht alles durchließ, schrie Sherman auf. Er rollte gerade noch rechtzeitig weg. Der nächste Strahl zischte genau dort durch die Wand, wo er noch Sekunden zuvor den Kopf hingehalten hatte.

Langsam gingen ihm die Möglichkeiten aus. Die nächste tragende Wand war zehn Meter weit entfernt, und sobald er aus dem Schatten seiner durchlöcherten Dekkung kroch, stiegen seine Chancen auf einen neuen Versuch in einem neuen Leben beträchtlich – falls die Buddhisten recht hatten. Sherman fragte sich, weshalb nicht ausnahmsweise mal jemand auf ihn hörte.

Zum Beispiel Trelain.

»Trelain! Lassen Sie den Mist! Die ganze Veranstaltung wird live übertragen, also ...«

*Powzzzz.*

Die Wand gab nicht mehr viel her. Jedenfalls nicht für einen normal gewachsenen Mann, der Deckung suchte.

Sherman stand auf und humpelte hakenschlagend auf den Abgrund zu. Er hörte Trelain Verwünschungen brüllen, konnte einem weiteren Schuß ausweichen, schlitterte Beine voran über den Boden und schlitterte weiter, hinaus ins Freie. Kurzentschlossen wählte er das kleinere Übel, ließ seine Waffe los und krallte sich mit beiden Händen in die Betondecke. Seine Handflächen ließen mehrere Hautschichten in vorstehenden Gittern und unbehauenem Beton zurück, während er fluchend und in fast perfekter Haltung ins dreiundzwanzigste Stockwerk rauschte.

Sherman stolperte sofort weiter, suchte hinter einem Pfeiler Schutz und machte sich dünn. Über ihm stürzte Trelain auf die Kante zu, schmiß sich hin und feuerte bäuchlings ins Graue. Da sich nichts bewegte, schoß er auf alles, was aufrecht stand.

Sherman sah, daß das leere Türloch zum rettenden Treppenhaus direkt vor ihm gähnte. Er wartete, bis die Laserstrahlen nach links pendelten, dann rannte er hakenschlagend weiter, dankte seinen Schutzengeln für die nette Unterstützung, rettete sich mit einem langen Satz ins Treppenhaus und stolperte fast über einige Dutzend Gerüststangen.

Als er keuchend nach oben sah, hing ein fieses, winziges Auge weit über ihm und starrte seinen Kopf an. Carla Engelberg war also doch nicht mit leeren Händen gekommen.

Ihre Waffe war allerdings wesentlich handlicher als die von Trelain. Damit wurde der Leadtexanzug bestimmt spielend fertig. Sofern die Waffenbesitzerin sich entschloß, vor dem Abdrücken auf Shermans Körper zu zielen.

Sherman hörte Lyles megaphonverstärkte Stimme nah und laut durchs Treppenhaus hallen. Er fragte sich, weshalb sie so lange gebraucht hatten.

Carla Engelberg fragte sich, was los war. Zwar nicht lange, aber lange genug, um ihr designiertes Opfer kurz aus den Augen zu lassen. Anschließend ließ sie es etwas länger aus den Augen, weil sie aus den Tiefen des Treppenhauses plötzlich eine Gerüststange mit solcher Wucht unters Kinn geknallt kriegte, daß sie nur noch Taucher im Tunnel sah.

Fünf Sekunden später hörte Sherman Schritte im Stockwerk über sich. Er hörte Männer brüllen und konnte sich zusammenreimen, daß Himmer und Trelain angesichts der veränderten Situation wild entschlossen waren, wenigstens ihre Leben zu retten. Jemand rief seinen Namen.

»Ich bin hier unten«, rief er zurück.

Lyle tauchte über ihm im Treppenhaus auf. Er warf der bewußtlosen Frau einen kurzen Blick zu, der ebensogut einem zwei Jahre alten Klumpen Hackfleisch hätte gelten können, winkte einen Beamten heran und stieg die Treppe hinunter.

»Das wurde aber auch Zeit«, sagte Sherman.

Lyle packte ihn am Kragen und zog ihn hoch. »Sag mal, hast du sie nicht mehr alle?«

»Ich bin verletzt, Lyle... Laß mich los.«

Lyle ignorierte die Bitte. »Wieso hast du das gemacht, du Arsch mit Ohren...!«

»He, ich bin dein *Chef*, also nimm dich zusammen...« Sherman befreite sich aus Lyles Griff und schaffte es, auf den Beinen zu bleiben. »Hör zu...«

»Hau ab.«

»Lyle, wenn ich...«

»Mensch, da...«

»... das hier als normalen...«

»... kriegt man ja...«

»... Einsatz geplant...«

»... graue Haare...«

»... hätte. *Hör mir zu!* Wäre es garantiert schiefgegangen. Außerdem brauchte ich das NET, damit erstens möglichst viele Leute Himmers Geständnis live und in Farbe sehen...«

»Das hast du geschafft«, unterbrach Lyle ihn vorwurfsvoll. »Ich war gerade beim Abendessen, als die Übertragung anfing.«

»Das heißt, du bist nur so spät gekommen, weil du noch *aufessen* mußtest?«

»Äh, nicht direkt, nein...«

»Das *glaube* ich einfach nicht!« Sherman vergaß seine schmerzenden Hände und wollte Lyle schlagen.

Palmer kam ihm dazwischen. Gefolgt von seinem rabiaten Kameramann eilte der Spitzenpolizeikritiker des

News-Net auf die beiden Polizisten zu und drückte Sherman ein Knopfmikro in den Mantelaufschlag.

»Saubere Arbeit«, sagte er. »Sagen Sie mal was für den Pegel.«

»Danke gleichfalls«, sagte Sherman. »Ich habe keine einzige Kamera gesehen.«

»Das war nicht schwer. Das Gebäude ist spitzenmäßig verkabelt.« Er drehte sich um. »Ton okay?«

»Ja.«

»Dann los.« Er wandte sich an den Kameramann. »Guten Abend. Terry Palmer mit dem Crime Report Live. Wir sind jetzt im Einstein-Tower, wo *Supercop* Sherman – wie Sie eben *live* und *exklusiv bei uns* miterleben konnten – den größten Politskandal der jüngeren europäischen Geschichte aufgedeckt hat. Wir haben den Helden des Tages hier bei uns. Einen Mann, der praktisch im Alleingang der internationalen Nadelstreifenkriminalität einen schweren Schlag versetzt hat; einen Mann, der uns alle beschämt hat.« Er wandte sich lächelnd an Sherman. »Inspector, ich bin froh, daß ich der erste sein darf, der sich bei Ihnen entschuldigt.«

Sherman hatte seinen Text im Kopf. »Dazu besteht kein Anlaß. Sie hatten allen Grund, mich für einen Versager zu halten.«

»Richtig, Inspector, denn auch das gehörte zu Ihrem brillanten Plan, nicht wahr?«

»Glaubwürdigkeit, ja...«, nickte Sherman.

Lyle wandte sich ächzend ab und verdrehte die Augen.

»...Himmer mußte annehmen, ich ließe mich bestechen. Und um das zu erreichen, mußte ich mich massiver öffentlicher Kritik aussetzen.«

»Das heißt, Sie haben quasi *absichtlich* versagt – jedenfalls offiziell –, und Ihre zwischenzeitlichen Erfolge verschwiegen, um Himmer in die Falle zu locken?«

»Ja.«

»Ein genialer Schachzug.«

»Danke.«

Palmer bemerkte Shermans blutende Hände und das rotgefärbte Hosenbein. Er gab seinem Kameramann ein kurzes Zeichen und der Kameramann hielt drauf. »Inspector, Sie sind verletzt, wie ich sehe.«

»Ja.«

»Dann sollten Sie sich versorgen lassen...« Er wandte sich wieder dem Kameramann zu. »Wir melden uns nach einer kurzen Unterbrechung zurück. Bleiben Sie dran beim CRIME REPORT – *Live*. Analysen, Hintergrundberichte und Bilder vom Showdown *des* politischen Skandals sehen Sie nur bei uns – aufgenommen mit dreizehn Kameras, Super- und Spiegel-Slowmotion – exklusiv im NEWS-NET.« Er grinste, bis der Kameramann ihm ein Zeichen gab. Während ein Sanitäter elektronische Bandagen um Shermans Hände wickelte und sein durchschossenes Bein versorgte, stellte Palmer sich neben ihn und legte ihm die Hand auf die Schulter.

»Wirklich gut, Sherman«, sagte er und nickte anerkennend.

Sherman sah die Hand an, bis Palmer sie wieder wegzog.

»Inspector Sherman. Jedenfalls für Sie, Palmer.«

# Der Leimer in der Falle

»Trotzdem hast du dich verkauft«, beharrte Lyle, als Sherman drei Stunden später vor dem Dearing-Tower aus dem Mobil stieg.

»Noch mal zum Mitschreiben, Lyle«, sagte Sherman und beugte sich zu seinem Partner herunter, »manchmal sind sogar Zecken zu etwas nütze. Ich habe mich nicht verkauft, ich habe getan, wofür ich bezahlt werde. Ich habe einen Fall gelöst und meinen Kopf gerettet. Auf die einzig mögliche Art und Weise.«

»Sagst *du*.«

»Und ich bin der Chef.« Mit der flachen Hand schlug er ein Ausrufezeichen aufs Dach des Mobils. »Wir sehen uns morgen.« Er wandte sich ab und hinkte auf den Eingang des Wohnturmes zu.

»Sherm?«

»Was?«

»In einigen Szenen sahst du echt Scheiße aus. Vor allem von links. Du solltest dir mal die Haare über dem Ohr nachschneiden lassen.«

»Hau ab.«

Lyle lächelte versonnen. »Jennings. Der kann das besser als du. Null Lampenfieber. Und bei dem klingt das richtig gut, wenn er vor Kameras redet. Wie der dich gelobt hat. Als ob er 'ne Dose Sonnencreme leergelutscht hätte...«

»Lyle...«

»Nicht so träge wie bei dir. Du bist eher der ehrliche, doofe Bulle für 'ne Sitcom im Vorabendprogramm.«

Sherman machte kehrt und hinkte wieder auf das Mobil zu. Lyle grinste, startete durch und verschwand winkend in der Nacht.

Sherman sah ihm nach. Er stand ein bißchen in der sommernächtlichen Wärme und spürte endlich, wie müde er war. Todmüde.

Er hinkte ins Haus und ließ sich vom Fahrstuhl nach oben tragen.

Coles hockte neben der Fahrstuhltür im achtzehnten Stock und begrüßte ihn mit einem Glückwunsch. Während der Fahrstuhl wieder nach unten zischte, winkte Sherman ab.

»Ist hier irgendwas passiert? Mit der kleinen Whitefield?«

»Nichts, Sir. Sie ist seit drei Stunden weg. Wird aber beschattet.«

»Gut. Wann werden Sie abgelöst?«

»In einer Stunde.«

»Dann gute Nacht.«

»Gute Nacht, Sir.«

Die Fahrstuhltüren öffneten sich. Sherman sah hin. Ann Whitefield trat aus dem Lift und lächelte ihn an.

»Oh«, sagte sie. »Hallo.«

»'n Abend.«

»Ich hab's gerade gesehen. Im Taxi.«

»Was?«

»Ihren Einsatz.«

»Hat's Ihnen gefallen?«

»Klar. Jetzt sind Sie richtig berühmt, nicht?«

»Solange es dem NET gefällt, ja.« Sherman verabschiedete sich mit einem schlappen Wink von Coles und hinkte los. Ann ging neben ihm her. »Schlimm?« fragte sie mit einem Blick auf seine bandagierten Hände.

»Nein.« Er schüttelte den Kopf. »Nur taub.«

Vor ihrer Apartmenttür blieben beide stehen. Sie legte ihre rechte Hand auf den Scanner.

»Sie sehen müde aus«, sagte sie.

»Bin ich auch.«

»Kann ich irgendwas für Sie tun?«

»Ich wüßte nicht, was.«

Sie deutete auf seine Hände. »Sie pflegen. Ihnen was zu essen machen.«

»Sehr nett von Ihnen ... Nein, ich komme schon klar. Aber danke. Wir sehen uns.«

»Gute Nacht.«

»Gute Nacht.«

Sherman wandte sich ab. Er war noch keine zwei Schritte weit gehinkt, als Ann einen markerschütternden Schrei ausstieß. Er wirbelte herum, sah sie mit schreckgeweiteten Augen rückwärts aus dem Apartment taumeln und hielt sie fest. Er sah in das Apartment. An der gegenüberliegenden Seite stand ein breites Bett. Darauf lag ein glänzender Überwurf, und der schien dem Leimer nicht gefallen zu haben.

Sherman bugsierte seine Nachbarin behutsam in den Raum und sah sich die Bescherung genauer an. Die Kissen waren mit einem scharfen Gegenstand erdolcht worden, der Überwurf war in Streifen geschnitten und von oben bis unten vollgekleckert. Sherman hörte Ann japsen und drehte sich um. Sie deutete auf den großen Spiegel, der neben der Tür zum Badezimmer an der Wand hing.

Der Leimer hatte einen ihrer Lippenstifte benutzt, um in großen geschwungenen Lettern »Ich komme wieder – heute nacht« auf den Spiegel zu schmieren.

Sherman trat neben Ann und drückte sie leicht an sich. Sie zitterte am ganzen Körper.

»Na, na, ganz ruhig...«

»Warum hört das nicht auf?« schluchzte sie verzweifelt, »warum hört das nicht auf?«

Sherman fiel keine Antwort ein. Langsam kam es ihm ein bißchen albern vor, ihr ständig zu versichern, sie werde erstklassig bewacht. Obwohl es eigentlich stimmte. Der Leimer konnte unmöglich an Coles vorbeigekommen sein, wenn er nicht ein begnadeter Fassadenkletterer war – und außerdem ein begnadeter Einbrecher, denn die Sicherheitsfenster waren geschlossen und wirkten unberührt.

Ann zitterte immer noch. Sie klammerte sich an Shermans Mantelaufschläge und sah ihn verzweifelt an.

»Passen Sie auf mich auf, ja?«

»Ja, Miss...«

»Bleiben Sie heute nacht hier.«

»Ich...« Sherman seufzte. Er sah ihr in die Augen. Lange. Sie ließ den Kopf hängen. Er hielt sie weiter fest, tätschelte ihre Schulter und ließ sein Gehirn arbeiten. Seine Zellen waren müde und kamen zu einem völlig abwegigen Ergebnis. Fand er jedenfalls. Oder auch nicht.

»Setzen Sie sich mal hin«, sagte er und drückte sie auf einen Sessel.

Sie schniefte.

»Miss Whitefield. Ich habe mit unserer soziologischen Abteilung gesprochen. Über den Brief und die Unterhose. Alles deutet darauf hin, daß dieser Typ erstens harmlos und zweitens entweder ein Halbwüchsiger oder eine Lesbe ist.

Sie sah auf. »Wie... kommen Sie darauf?«

»Durch den Brief.«

»Kann man das... feststellen?«

»Ja.«

»Ein kleiner Junge?« Ihre Augen wurden größer. »Sie meinen, es könnte der kleine Mandrake sein?«

Familie Mandrake wohnte im Apartment am Ende des Flurs. Sherman schüttelte den Kopf. »Nein. Der Junge ist höchstens neun. Außerdem wüßte ich nicht, wie er ungesehen in Ihre Wohnung hätte kommen sollen.«

»Aber...?«

»Sie hätten vielleicht irgendwo nachschlagen sollen; die Begriffe, die Männer bevorzugt verwenden, wenn sie Frauen belästigen.«

»Wie bitte?«

Sherman seufzte laut. »Hören Sie auf mit dem Zirkus. Bitte. Es reicht. Wir könnten Ihr Apartment auf den Kopf stellen und würden doch wieder keine Spuren finden. Aber nicht, weil unser Phantom so schrecklich geschickt ist, sondern weil wir seine Fingerabdrücke ignorieren. Oder besser, Ihre.«

Sie senkte den Kopf und knibbelte ein bißchen an ihren Fingernägeln. Sherman tappte müde auf die Tür zu. »Sagen Sie mir nur noch eins, Miss: Wieso? Hat man Sie als Kind nicht oft genug hochgehoben? Haben Sie keine Freunde? Fühlen Sie sich allein?«

Sie sah auf, und ihr Blick überraschte ihn. Die Überführung schien ihr überhaupt nicht peinlich zu sein. »Was sollte ich machen?« sagte sie und stand achselzukkend auf, »bei Ihnen klopfen und Sie zum Essen einladen?«

Sherman sah sie fassungslos an.

»Na, Sie hätten freundlich genickt, *Nein, Danke* gesagt und mich wieder weggeschickt. Sie haben keine Zeit. Sie haben nicht mal Zeit, eine Frau kennenzulernen und herauszufinden, daß Sie sie mögen. Also habe ich Ihnen eine Gelegenheit gegeben.«

Sherman stand noch immer da und rührte sich nicht. Er konnte sich nicht entscheiden, ob er wütend werden oder lachen sollte.

»Ich mag Sie, *Supercop*«, sagte Ann sanft. »Ich mochte Sie vom ersten Tag an. Deshalb habe ich mich für Ihren Beruf interessiert. Und uns ein bißchen Gesprächsstoff für den Anfang verschafft.«

Sherman schüttelte den Kopf und ging weiter auf die Tür zu. »Sehr clever«, sagte er. »Wirklich clever.«

»Danke.«

»Da macht man sich Sorgen ... Tsss.«

»Ja, das hab ich gemerkt.«

»Was?«

»Daß Sie sich Sorgen gemacht haben. Weil Sie mich nämlich auch mögen.«

Ohne es zu wollen, schüttelte Sherman weiter den Kopf. Er ahnte, daß er ziemlich beschränkt und weiß Gott nicht souverän aussah, aber er konnte nichts dagegen tun.

»Richtig kombiniert?« fragte Ann.

»Was spielt das für eine Rolle?« sagte Sherman und hätte den Satz am liebsten rückgängig gemacht.

»Oh. Die entscheidende.«

»Nein.«

»Doch.«

»Wissen Sie, Miss Whitefield ...«

»Ann.«

»... gewisse Leute behaupten, ich hätte ein festes Verhältnis zu einer sehr spröden Geliebten. Die Dame nennt sich in hochtrabenden Momenten Gerechtigkeit und duldet leider keine Nebenbuhlerinnen. Gute Nacht, Miss ...«

»Ziemlich besitzergreifend, Ihre Dame. Finden Sie nicht?«

»Doch, kann man sagen. Gute ...«

»Victor?«

Er konnte nicht anders. Ihre Stimme zog seinen Kopf herum.

»Was?«

»Ist Ihre Freundin nachts warm und weich?«

Wieder standen sie einander sekundenlang gegenüber. Wieder schüttelte Sherman den Kopf und merkte, daß auf seiner Stirn kleine Kapitulationsfalten wuchsen. Diesmal hielt Ann seinem Blick stand.

»Ich bin müde.« Es war sein letzter Ausreißversuch, und es war ein halbherziger. Er hielt seine Hände hoch. »Und ich trage Fäustlinge. Im Bett.«

»Aber nicht in Ihrem.« Sie deutete auf seine Hände. »Der Scanner wird Sie nämlich nicht reinlassen ...« Sie machte den Sack zu, indem sie ihn sehr, sehr sanft in die Arme schloß und ihm lächelnd einen Kuß auf den Mund hauchte. »Außerdem müssen wir ja nicht gleich *alles* in einer Nacht ausprobieren. Nichts eilt ...«

»Nur das Leben«, sagte Sherman, um wenigstens das letzte Wort zu haben.

»Eben«, sagte sie.

# Danksagung

»Große Autoren verdanken niemandem etwas. Sie schweben in ihrer eigenen Sphäre, in einem Energie- und Ideenhimmel, den sie allein mit Leben erfüllen. Sie haben keine Frauen, keine Verwandten und keine Freunde und lesen keine Bücher, die sie hier und dort zu einem guten Gedanken anregen könnten. Gute Autoren sind sich selbst genug. Ich möchte an dieser Stelle nur einige der berühmteren nennen: Das Genie Snej Buttschi; den Titanen Beat Steul; den Versgiganten Leprecht Rüpel; nicht zuletzt die unvergessene Marianne Freifrau von Sprung und Schüssel.« *(Eimer Wrobl, Joghurtkulturphilosoph, in »Briefe an Autoren, die zuviel danken«.)*

Ich habe zu danken: Wie immer Steffie – für alles für mich und an sich; Jens und Henning – fürs Mitlesen und gelegentliche Stirnrunzeln; Niko – für »alle alles«, Papiervernichtung, Visionen und Waisenkinder; Hendrik – für den schicken Umschlag (keine Skizzen!); Richard – für die angeschmissene Titelmaschine; Sabine – für das angenehme, leicht verschenkte Voraus-Lektorat (nie wieder Ravioli); Tommy – für den Nachschliff; dem Unbekannten Faulen Kopf – für das, was an Erfindungen auf uns zukommt (und Harriet Bernstein & Malcolm Abrams, die vieles davon in ihrem verwirrenden »Zukunftslexikon« versammelt haben); dem Irgendwas – sowieso; und – chronologisch an dieser Stelle richtig, aber ansonsten völlig falsch) Uli – für die großzügige und -herzige

Rettung des kurzzeitig im Sumpf der Lügenbeutel versackten Sohnes ... (He. Ist Euch eigentlich klar, daß Euch jetzt all jene Leute hassen werden, die Geld für dieses Buch ausgegeben haben und es bescheuert fanden? Tja. Alles hat seine Schattenseiten, sogar Dank –.)

# GOLDMANN

## *Der Cartoon-Verlag*

*Vor rund zehn Jahren ging Hägar, der schreckliche Wikinger, bei Goldmann an Land. Seitdem erobern Cartoonisten wie Gary Larson, Ernst Kahl, Tetsche, Matthias Sodtke und viele andere mit Goldmann die Lachmuskeln eines begeisterten Publikums.*

Hägar der Schreckliche 7958

Wenn Piranhas auswärts essen 7923

Siesta Mexicana 7941

Neues aus Kalau 6953

*Goldmann · Der Taschenbuch-Verlag*